진짜 너의 꿈을 꿔라

움직이는 과거와 현재와
서재 미래를 연결시키는
지식 창고

책과 함께 있다면 그곳이 어디이든 서재입니다.
집에서든, 지하철에서든, 카페에서든 좋은 책 한 권이 있다면 독자는 자신만의 서재를 꾸려서 지식의
탐험을 떠날 수 있습니다. 좋은 책이란, 시대와 세대를 초월해 지식과 감동을 대물림하고, 다양한 연령
들의 소통을 가능케 하는 힘이 있습니다. 움직이는 서재는 공간의 한계, 시간의 장벽을 넘어선 독서 탐
험의 동반자가 되겠습니다.

선생님과 부모님이 해 주지 못했던
꿈 멘토 권오철의 특별한 이야기

진짜
너의 꿈을
꿔라

권오철 지음

움직이는
서재

나는 왜 '꿈 멘토'가
되기로 한 걸까요?

나는 좀 특이한 직업을 갖고 있습니다. 해와 달과 별이 만드는 아름답고 신비한 천문 현상을 사진으로 남기는 일을 합니다. 카메라 프레임에 들어온 그림보다 더 아름답고 신비하고 매혹적인 장면을 볼 때마다 나는 늘 똑같은 생각을 하게 됩니다.

'우주는 도대체 왜 이렇게 아름다운 걸까?'

내가 하는 일이 사람들에게 알려진 것은 〈SBS 스페셜〉이라는 다큐멘터리 프로그램이 방송되고 난 후입니다. 그 프로그램 제목은 '오로라 헌터'였습니다. '오로라를 쫓아다니는 사람'이라는 의미지요.

앞의 사진은 2014년 2월에 캐나다에서 찍은 오로라입니다. 정말 신비롭지요? 그런데 내가 원래 이 일을 직업으로 삼으려고 했던 것은 아닙니다. 아니, 이런 직업이 있을 수 있다는 상상조차 하지 못했습니다. 왜냐하면 직업이란 우선 돈벌이가 되어야 하는데, 하늘만 쫓아다니며 사진을 찍는 일이 돈벌이가 된다고 누가 상상이나 했을까요.

하늘의 별이 내 눈을 뚫고 가슴에 들어와 박힌 것은 10대 청소년 시절이었습니다. 별 보는 일이 너무 좋았지만 그렇다고 천체 물리학자가 될 생각은 없었습니다. 나는 학자의 길이 그리 만만한 게 아니라는 것쯤은 알고 있을 만큼 제법 현실적인 아이였기 때문입니다. 그래서 취직하기에 무난한 공대에 진학했습니다. 성적은 꽤 괜찮았기에 부모님이 좋아하시는 서울대 공대에 들어갈 수 있었습니다. 그런데 막상 대학에 가서는 전공 공부보다 해와 달과 별을 쫓아다니며 사진을 찍는 일에 몰두했습니다. 그러나 그때는 미처 알지 못했어요. 그 일이 이렇게 오랫동안 나를 지배하는 '진짜 꿈'이 될지 말이에요. 나는 그때 '꿈'이 사람을 지배할 때 나타나는 엄청난 기운의 에너지를 알지 못했습니다. 그 일에 몰두하면 그저 좋았고 즐거웠고 행복할 뿐이었습니다.

나는 내 '진짜 꿈'의 정체를 제대로 알지 못한 채 대학을 졸업하고 대기업에 취직을 했습니다. 그리고 곧바로 가짜 꿈을 꾸기시작했습니다. 이 회사에 다니는 한 사장까지 올라가 보겠다는꿈이었습니다. 하지만 나의 진짜 꿈은 마치 스토커처럼 나를 놓아 주지 않고 내 옆을 바짝 따라다녔습니다. 나를 계속 쫓아다니는 진짜 꿈은 여전히 사랑스러웠지만 한편으로는 귀찮기도해서, 스스로 떨어져 나가도 붙잡지 않겠다고 생각했습니다. 하지만 결국 꿈은 스스로 떨어져 나가지도 않았고, 나 역시 그 꿈을 버리지 못했습니다. 시간이 지날수록 꿈에 대한 갈증은 사라지지 않고 오히려 더 커져만 갔으니까요.

그때야 비로소 나는 용기를 내어, 해와 달과 별 사진을 찍는나의 '진짜 꿈'을 직업으로 만들어 보기로 했습니다. 늦게나마나의 '진짜 꿈'을 내 '진로'로 삼게 된 것입니다. 덕분에 나는 우리나라에서 최초로 이 일을 직업으로 삼는 사람이 되었고, 이제는 세계적으로도 이 분야에서 꽤 알아주는 사람이 되었습니다.

이제 내가 걸어온 길을 돌이켜 봅니다. 나는 한 바퀴를 돌아왔습니다. 내가 돌아온 이유는 아주 간단합니다. 나의 '진짜 꿈'없이도 행복하게 잘 살 줄 알았지만 그게 아니라는 걸 깨달았기때문입니다.

나는 오랜 시간 나의 '진짜 꿈'이 무엇인지를 생각해 왔기 때문에 꿈과 진로에 대해 고민이 아주 많은 청소년기 친구들에게 늘 하고 싶은 이야기가 있었습니다. 그래서 한번 용기를 내어 보았습니다. 내 이야기를 해 보겠다고요. 왜냐하면 지금 시대는 내가 성장하던 시절과 많은 게 달라지긴 했지만, 그렇다고 꿈의 본질이 달라지진 않았으니까요.

누구나 청소년기에 인생의 1차 진로를 결정하게 됩니다. 그래서 이것저것 많은 것들을 생각해 보지만 정말 자신이 뭘 좋아하는지, 뭘 원하는지는 잘 알지 못합니다. 게다가 그것을 알아내는 게 말처럼 쉬운 일이 아닙니다. 그러기에 많은 조언이 필요한 시기입니다.

그런데 문제는 또 있습니다. 어른들의 조언은 말 그대로 조언에서 끝나야 하는데 그렇지 못하다는 겁니다. 대부분 어른들이 손에 쥐어 주는 꿈은 '진짜 꿈'이 아닙니다. 진짜 꿈은 내가 경험한 것들 안에 있습니다. 오직 내 경험 안에만 진짜 꿈의 씨앗이 살아 있습니다. 진짜 꿈이 왜 중요하냐면, 그것만이 행복과 동행할 수 있기 때문입니다. 그 어떤 대단하고 근사한 꿈이라도 가짜 꿈을 가지고선 행복과 동행하는 인생을 살 수 없습니다.

'꿈 멘토'로서 여러분에게 전하고 싶은 '진짜 꿈'을 찾는 방법은 다음 4가지로 정리할 수 있습니다.

첫째, 소소한 경험을 무시하지 마라. 작은 경험이 쌓여 내가 되고 꿈이 된다. 진짜 꿈은 직접 경험이든 간접 경험이든 내가 경험한 것의 테두리 안에 있다.

둘째, 막연한 동경과 진짜 내가 원하는 것을 혼동하지 마라. 막연한 동경을 빨리 걸러 내야 진짜 꿈이 보인다.

셋째, 꿈이 자꾸 변한다고 고민하지 마라. 꿈이 변하는 게 아니라 진짜 꿈을 향해 가고 있는 것이다. 진짜 꿈을 찾는 일에는 무엇보다 소소한 경험들이 중요한 만큼, 경험이 달라질 때 자신이 원하는 것들이 눈에 들어올 수밖에 없다. 그러한 '성장' 없이는 진짜 꿈을 찾을 수 없다.

넷째, 큰 꿈은 잘게 부숴라. 너무 멀리 있는 꿈은 진짜 내 꿈이 아니다. 멀리 있다는 것은 그만큼 크다는 뜻이기에 내 손에 잡히지 않을 가능성이 높다. 그것을 진짜 내 꿈으로 만들려면 잘게 부수어 발돋움해 손에 닿을 수 있는 작은 꿈으로 만들어야 한다. 작은 꿈이란 언제든지 마음만 먹으면 현실로 이루어낼 수 있는 구체적이고 소소한 꿈을 말한다. 그 소소한 꿈들이 점으로 이어지는 곳에 그동안 찾던 진짜 내 꿈이 자리 잡고 있다.

사람은 좋아하는 일을 하고 살아야 행복하고, 그 일에 몰입도 할 수 있습니다. 사람은 좋아하는 일에 몰입할 때 엄청난 힘을 냅니다. 그러기에 자신의 진짜 꿈을 좇아 사는 삶이 불가능하지 않습니다.

내가 청소년 독자들에게 바라는 게 하나 있습니다. 이 책을 읽고 난 후에는 자신의 꿈과 진로에 대해 어른들이 쥐어 주기만 바라지 말고 스스로 생각하고 움직였으면 하는 것입니다. 그 과정만으로도 충분히 행복하다는 것을 잘 알고 있기에 나는 주저 없이 그 길을 권합니다. 그리고 그 행복한 경험 속에서만 '나의 진짜 꿈'이 만들어진다는 것을 깨닫게 되는 데는 그리 오랜 시간이 걸리지 않을 것입니다.

권오철

이 광대한 우주 속에서
인간은 아주 짧은 순간을 살다갈 뿐이거든요

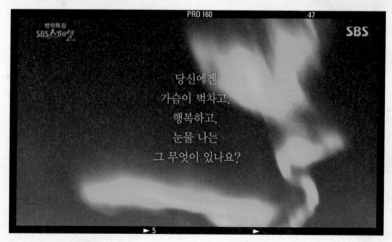

당신에겐
가슴이 벅차고,
행복하고,
눈물 나는
그 무엇이 있나요?

진짜 너의 꿈을 꿔라

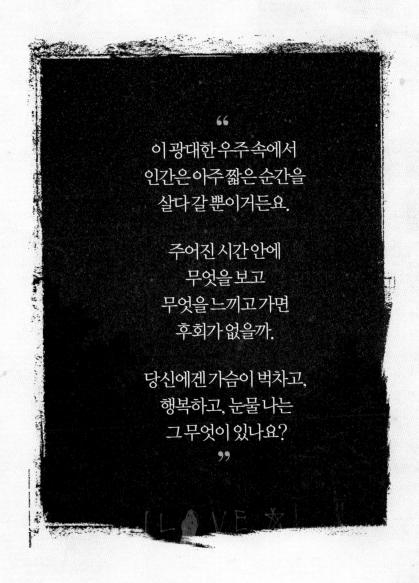

> 이 광대한 우주 속에서
> 인간은 아주 짧은 순간을
> 살다 갈 뿐이거든요.
>
> 주어진 시간 안에
> 무엇을 보고
> 무엇을 느끼고 가면
> 후회가 없을까.
>
> 당신에겐 가슴이 벅차고,
> 행복하고, 눈물 나는
> 그 무엇이 있나요?

'진짜 꿈'을 찾게 도와주는
꿈의 육하원칙 ★

WHAT

꿈이란 무엇인가요?

발돋움해 손에 잡을 수 있는 작은 꿈과
멀리 있어 아직은 보이지 않는 큰 꿈이 있어.

WHO

꿈은 누가 정하나요?

꿈은 오직 너만이 설정할 수 있어.

WHY

꿈이 왜 필요한가요?

너를 이 세상의
유일한 존재로 만들어 주기 때문이야.

진짜 너의 꿈을 꿔라

WHEN

꿈은 언제 꿀 수 있나요?

네가 좋아하는 것들을 만나
그것이 자꾸 눈에 밟히고 머릿속에 맴돌 때가 있고,
네가 좋아하는 것들을 더 잘하고 싶어져서
너도 모르게 노력하고 있는 순간이 있어.

WHERE

꿈은 어디서 꾸지요?

네가 지금 움직이며 활동하는 모든 공간에는
너의 꿈도 같이 성장하고 있어.

HOW

꿈은 어떻게 꿔야 하나요?

'무엇이 될까'부터 고민하지 말고
'무엇을 경험할까'부터 즐겁게 생각해 봐.

'진짜 꿈'을 찾게 도와주는
꿈의 육하원칙

꿈 멘토의 어록

진짜 꿈을
찾고 싶은
너에게 주는
6가지 조언

꿈 멘토의 어록 1

　나는 무언가를 제대로 해내기 위해선 기초를 닦는 훈련의 시간이 반드시 필요하다고 생각한다. 한 단계를 충실히 밟아야 다음 단계로 넘어갈 수 있다. 기초 단계를 빼고 처음부터 상위 단계로 바로 갈 수는 없다. 요리사가 되기 위해선 설거지와 칼 다루는 법부터 익혀야 하는 것처럼 말이다. 사실 좋아하는 것을 하기 위해선 싫어하는 단계를 거쳐야 할 때가 더 많다. 그런데 싫어하는 단계라고 해서 그 과정을 충실히 밟지 않으면 결국 좋아하는 단계로 넘어갈 수가 없다. 좋아하는 것을 하기 위해선 싫어하는 과정을 꾹 참고 제대로 거쳐야 한다.

꿈 멘토의 어록 2

'W=F×S'라는 물리 공식이 있다. 일은 힘과 이동 거리에 비례한다는 개념이다. 이 공식에 따르면 힘을 줘서 일정한 거리를 움직여야 일, 즉 성과가 날 수 있다. 그런데 여기에는 마찰력이라는 복병이 존재한다. 바위를 밀었을 때 바로 움직이지 않는 것도 이 마찰력 때문이다. 바위를 움직일 방법은 하나밖에 없다. 마찰력을 이겨 낼 만큼의 힘을 주는 것이다. 마찰력을 한번 이겨 내고 나면 오히려 쉽게 바위를 움직일 수 있다. 그것이 바로 관성의 힘이다.

이 개념은 우리 자신에게도 똑같이 적용된다. 일이든, 공부든 이루고 싶은 것이 있는데 그게 쉽게 이루어지지 않을 때가 있다. 그럴 때는 '대충'이나 '적당히'가 아니라 자신을 완전히 몰아붙여야 한다. 마찰력을 이겨 내기 위해서다. 우선 마찰력을 이겨 내고 나면 그 다음부터는 관성의 힘이 붙기 때문에 기대 이상의 변화를 경험하게 된다.

꿈 멘토의 어록 3

　사람이 자라면서 관심사가 자꾸 바뀌는 건 너무나 당연하고 자연스러운 일이다. 자랄 때는 새로운 것, 못 보던 것들이 튀어나올 때마다 그게 궁금하고 신기한 게 정상이다. 어제는 이게 좋았는데, 오늘은 새로운 것에 더 관심이 가고, 좋아하는 게 너무 많아서 딱 한 가지만 정하라고 하면 뭘 선택해야 할지 망설여진다.

　나는 이런 게 바로 '성장'이라고 생각한다. 자란 눈높이만큼 새로운 것들이 보인다는 의미다. 세상에 얼마나 다양하고 재미있는 게 많은데, 어떻게 한 번 좋아했다고 끝까지 그것만 좋아할 수 있겠는가. 그러니 좋아하는 게 계속 변한다고 해서 걱정할 필요는 없다. 변덕스럽거나 인내심이 부족해서가 아니라 그렇게 관심사가 바뀌면서 성장을 하고 있는 것이다.

진짜 너의 꿈을 꿔라

꿈 멘토의 어록 4

'좋아한다'라는 마음에도 서로 차이가 있다. 아마 그 마음이 3가지 종류라고 보면 정확하다. 진짜 좋아하는 게 있고, 그냥 좋은 게 있고, 나쁘지 않아서 좋은 게 있다. 그 차이가 굉장히 중요하지만 이걸 평소에는 알기 힘들다. 좋아하는 것들 중에서 하나를 선택해야 할 때만이 정말 좋아하는 걸 알 수 있게 된다. 선택하지 않아도 될 때엔 다 좋아해도 되니까 굳이 진짜로 내가 원하는 걸 생각해 보지 않아도 된다. 이렇게 선택의 순간을 통해 걸러진 것이 진짜 내 꿈이다. 즉, 꿈이란 그렇게 막연한 게 아니라는 거다. 지금 내가 좋아하고 관심이 가고 계속 경험하는 것들 중 하나다.

꿈 멘토의 어록 5

　어른들이 원하는 꿈은 주로 돈을 많이 벌거나 지위가 높은 꿈이다. 대부분 사람들은 돈이 많으면 행복해질 거라고 생각하기 때문이다. 그런데 정말 그럴까? 나는 그건 돈이 많다는 결과만 가지고 봤기 때문이라고 생각한다. 돈을 쓸 때는 기분이 좋다. 내가 원하는 걸 가질 수 있으니까. 하지만 그 돈을 벌기 위해 보낸 시간들을 한번 생각해 보자.

　돈을 벌기 위해 일하는 시간이 즐겁고 행복하지 않는데, 인생이 행복해질 수 있을까? 사실 돈을 쓰는 시간은 짧지만, 돈을 벌기 위해 일하는 시간은 아주 길다. 긴 시간을 내가 원하지도 않는 일을 하면서, 정작 내가 갖고 싶은 것을 사는 즐거움은 아주 짧게 누리는 것은 현명하지 못한 선택이다.

꿈 멘토의 어록 6

　나는 사람들이 꿈을 못 이루면서 사는 가장 큰 이유는 너무 멀고 큰 꿈만 꾸기 때문이라 생각한다. 목적지의 끝에 있는 큰 꿈만 생각한다는 뜻이다. 하지만 그렇게 멀리 있는 꿈만 가지고는 거기까지 도달할 수가 없다. 너무 멀리 있어서 진짜 내 꿈처럼 느껴지지 않기 때문이다. 그래서 목적지까지 가는 동안 작은 꿈들이 많이 필요하다. 큰 꿈을 잘게 잘게 부수어 손에 잡을 수 있는 작은 꿈들로 나눠야 한다. 작은 꿈 하나를 이루고 나면 그보다 조금 더 큰 꿈이 눈앞에 저절로 나타날 것이다. 그러면 그 꿈을 이루기 위해 또 노력하면 된다. 마치 계단을 밟고 차근차근 정상을 향해 올라가듯이 말이다.

　한 번에 갑자기 목적지 끝에 있는 꿈을 이룰 순 없다. 자신의 꿈을 현실로 이루어 낸 사람들은 다 그렇게 계단을 밟아 올라가듯이 작은 꿈들을 차례대로 이루어 낸 과정을 거쳤다.

Contents

PART 1

꿈이란 멀리 있는 게 아니라 소소한 경험에서 시작되는 거야

별이라는 운명적 관심은 조용히 왔어

너희들은 지금 뭘 경험하고 있지?

관심사가 바뀌는 게 바로 성장이야

PART II

진짜 꿈이 필요한 이유는 대체 가능한 사람이 되지 않기 위해서야

PART III

너무 멀리 있는 꿈은
진짜 꿈이 아니야

타임랩스 촬영 기법이 내 꿈을 단단히 받쳐 주고 있지

진짜 꿈의 모양은 점으로 연결되어 있거나 계단형이지

PART
I

꿈이란
멀리 있는 게 아니라
소소한 경험에서
시작되는 거야

'별'이라는 운명적 관심은 조용히 왔어

'야자'하던 어느 날
별이 가슴에 들어온 거야

내 직업은 밤하늘의 수많은 별과 천체 현상을 찍는 천체사진
가야. 아마 처음 들어 보는 사람이 많을 거야. 우리나라에서 직
업으로서 천체 사진을 찍는 사진가는 내가 처음이거든. 사실 직
업이 아닌 취미나 학문적 관심에서 천체 사진을 찍는 사람들은
많아. 나도 예전엔 직장에 다니면서 취미의 형태로 오랫동안 천
체 사진을 찍었어. 취미라고 말하면 가벼워 보일 수 있는데, 직

업이 아니었다는 말이지, 전문적이지 않았다는 뜻은 아니야. 그러다 천체사진가를 직업으로 삼아 평생 이 일을 하면서 살고 싶다는 생각이 들었어. 밤하늘의 별을 관측하고, 그것을 사진으로 남기는 일이 내가 정말 좋아하고 나를 행복하게 만드는 일이라는 걸 깨달았거든. 다른 무엇과는 비교할 수 없을 정도로 말이야. 그래서 난 내가 좋아하는 일을 하면서 살 수 있는 행복한 사진가가 되었어.

그렇다고 아무 어려움도 없고 고생스러운 점도 없다는 건 아니야. 일의 특성상 밤하늘을 찍어야 하기 때문에 밤에 혼자서 촬영을 하는 일이 많아. 특히 영하 40도가 넘나드는 극지의 겨울밤에 몇 시간씩 밖에 있을 땐 추위 때문에 정말 힘들고 고생스러워. 때로는 무거운 장비를 들고 높은 산에 몇 번씩이나 오르내려야 하기도 하고, 날씨가 안 좋으면 무작정 기다려야 하는 인내의 시간을 보내야 할 때도 있어.

높은 산의 정상에서 카메라 렌즈로 밤하늘의 수많은 별을 바라보고 있으면 문득 이런 생각이 들기도 해. 어쩌다 내가 이렇게 많은 별을 바라보며 살게 되었을까. 분명 수많은 인연들이 쌓이고 쌓여서 내가 가는 길이 만들어졌겠지. 그런데 어렸을 때 나는 한 번도 별과 관련된 장래 희망을 가져 본 적이 없었어. 물론 별똥별을 보고 소원을 빌어 본 적은 있었지. 시골에서 살았으니까 별은 잘 보였거든. 그런데 그 소원이 잘 이루어지지 않더라고. 원래 첫사랑은 이루어지기 힘들다고 하잖아. 소원을 들어주지 않아서 그랬는지 별에 대한 특별한 관심은 없었어. 오히려 어릴 적에는 높은 창공을 나는 비행기를 만들고 싶었지. 하늘을 나는 것을 너무 동경해서 날아다니는 꿈을 꿀 정도였어. 그런데 나는 어쩌다 하늘을 날지 않고 땅에 삼각대를 붙인 채로 밤하늘에 가득 찬 별을 찍는 사진가가 된 걸까? 무수히 많은 별무리를 볼 때마다 내가 저 곳에서 온 것은 아닐까, 지구에 온 뒤 어떤 이유에서 날 수 있는 초능력을 상실해 버린 것은 아닐까 하는 우스운 상상을 하기도 해. 고향에 대한 그리움으로 깊은 산속에 홀로 서서 별을 바라보고 있는 것은 아닐까 하는 거지.

나는 지금도 별이 내 마음에 들어온 그 순간을 생생하게 기억해. 그날은 고등학교 2학년 1학기가 시작된 지 얼마 안 된 초봄의 어느 날이었어. 야간 자습 쉬는 시간에 나는 친구와 나란히 창턱에 기대 아무 생각 없이 깜깜한 밤하늘을 바라보고 있었어. 요즘은 어떤지 모르겠지만 내가 학교 다닐 땐 1학년 때부터 야간 자습을 무조건 다 해야 했거든. 그래서 매일같이 밤늦게까지 학교에 남아 있어야 했어. 그날도 공부하다 지쳐서 피곤하고 졸린 눈으로 밖을 바라보고 있는데, 갑자기 친구가 손가락으로 밤 하늘을 가리키면서 소리 지르듯 외치는 거야.

"저기 봐! 우와, 오늘은 북두칠성이 진짜 잘 보이네."

친구의 손가락이 가리키는 방향을 따라가 보니, 진짜 책에서 보던 것과 똑같이 일곱 개의 밝은 별들이 국자 모양으로 배열되어 있는 거야. 또렷하게 빛나는 일곱 개의 별! 그 순간 그 일곱 개의 별이 내 눈에 가득 차면서 마음속 어딘가에도 콱 박혀 버렸나 봐. 스위치를 켜면 어두운 방 안에 불빛이 환하게 퍼지는 것처럼 내 마음 어딘가에 불이 확 켜지는 기분이 들었어. 밤하늘의 그저 밝은 점일 뿐이던 별이 구체적인 이름으로 내게 다가온 순간이었지. 나는 별자리라는 게 그렇게 큰 줄 몰랐어. 책에서만 보던 별자리를 실제로 그렇게 쉽게 볼 수 있다는 것도 몰랐으니까. 아무튼 엄청 신기했어. 밤하늘에는 북두칠성 말고도 별들이 많잖아. 북두칠성만큼이나 많이 들어 봤던 북극성이라는 것도 궁금해졌어.

"그럼 북극성은 어디 있냐?"

"어, 그건……."

사실 그 친구도 북두칠성 정도밖에는 몰랐어.

그런데 문득 난 이 녀석이 하늘의 별자리를 어떻게 볼 수 있는지 궁금증이 들었어. 그때까지 내가 아는 사람들 중에서 밤하늘의 별을 보고 별자리를 찾아내는 아이는 아무도 없었거든. 다들 나처럼 별을 봐도 "오늘은 별이 많네" 하고 무덤덤하게 지나칠 뿐이었지.

"니 별에 대해 많이 아나?"

"좀 알지."

"누가 가르쳐 줬는데?"

내 물음에 녀석은 책상 서랍에서 책 한 권을 꺼냈어. 얼마 전에 서점에서 산 《재미있는 별자리여행》이라는 책인데, 그걸 읽으면서 별자리를 알아 가는 중이라고 했어. 이 책은 천문 붐을 일으킬 정도로 인기가 많았는데, 나는 까맣게 모르고 있었던 거야. 그날 나는 공부는 제쳐 두고 남은 야간 자습 시간 내내 그 책을 읽었어. 처음엔 잠깐 훑어만 보려고 했는데, 온갖 별자리 사진과 설명들이 너무 재미있어서 도저히 손에서 놓지를 못하겠더라고. 그래서 그날 같이 있었던 친구들과 우르르 서점에 가서 다들 같은 책을 샀지. 우리나라에서 처음으로 나온 별자리에 관한 책이었는데, 인기가 좋아서 조그만 동네 서점에도 많이 쌓여 있었어. 그 책을 사서 집에 가자마자 옷도 갈아입지 않고 읽기 시작했는데, 내가 모르던 세상, 처음 보는 신세계에 빠져서 그날

2012년 캐나다 옐로나이프에서 촬영한 북두칠성 사진이야.
고등학교 2학년 때 친구가 가리킨 북두칠성을.
훗날 내가 이렇게 직접 찍을 줄은 생각도 못했어.

밤을 꼴딱 새울 뻔했지. 그땐 그 책이 나의 인생을 바꿀 줄은 전혀 몰랐어. 아무튼 그날 이후, 항상 그 책을 끼고 살며 나의 '천문키즈' 인생이 시작된 거야.

별 보는 재미에
'야자'도 해 볼 만했지

중학교 때까지 내 관심은 온통 새와 사냥에 쏠려 있었어. 어린애가 웬 사냥이냐고? 내가 어렸을 때 좀 유별난 취미가 있었거든. 이것에 대해선 나중에 다시 이야기해 줄게. 그때도 밤에 사냥을 다니면서 별을 보긴 했어. 밤에 돌아다니다 보면 자연히 밤하늘로 시선이 가게 마련이잖아. 하지만 그때는 별을 봐도 별로 감흥이 없었어. 내 관심은 온통 사냥감인 새에만 쏠려 있어서 밤하늘의 별은 그냥 밝은 점에 지나지 않았거든. 그런데《재미있는 별자리여행》을 읽고 나서부터는 달라진 거야. 이제 나에게 별은 일반적인 보통명사가 아니라 특별한 고유명사가 되어 버린 거지. 너희들, '내가 그의 이름을 불러 주었을 때 그는 나에게로 와서 꽃이 되었다'라는 김춘수 시인의 〈꽃〉이라는 시 알지? 이 시처럼 내가 별의 이름을 알았을 때 그것은 나에게로 와서 점이 아니라 별이 되었어.

그 책을 보니까 밤하늘은 또 다른 세상이더군. 별들 사이에도 나름의 질서가 있고, 이름이 있고, 별 무리도 있는 거야. 북두칠성 같이 무협 소설 제목에 어울리는 이름도 있고, 그리스의 영웅 페르세우스와 안드로메다, 케페우스, 카시오페이아처럼 그리스 로마 신화에 나오는 인물의 이름을 딴 별자리도 많아. 그리고 이름과 관련된 낭만적인 전설이나 이야기들도 있어.

페르세우스와 안드로메다 별자리에도 아주 낭만적인 이야기가 있는데, 안드로메다 별자리는 에티오피아 공주인 안드로메다의 이름에서 붙인 거야. 안드로메다 공주의 엄마인 카시오페이아 왕비가 진짜 왕비병에 걸린 여자라서 바다 요정들을 열 받게 했대. 그래서 바다의 왕 포세이돈이 화가 났는데, 그의 화를 가라앉히기 위해 안드로메다 공주가 제물로 바쳐지게 된 거야.

엄마의 허영심 때문에 안드로메다 공주는 괴물 고래에게 잡혀 먹힐 위기에 처했어. 하지만 예쁜 공주가 괴물에게 잡아 먹히는 것으로 이야기를 끝낼 수는 없잖아. 당연히 백마 탄 왕자님이 나타나서 구해 줘야지. 그 왕자님이 바로 페르세우스야. 불쌍한 안드로메다가 막 괴물 고래에게 희생되려는 찰나, 페가수

스라는 천마를 탄 페르세우스가 나타났어. 다음은 말 안 해도 알겠지? 왕자처럼 나타난 페르세우스가 괴물 고래를 물리쳐서 안드로메다를 구해 줬을 테고, 공주는 자신의 목숨을 구해 준 은인과 결혼해서 잘 살았다는 그런 이야기지. 그러니 별이 되어 서도 함께 붙어 있는 게 아니겠어? 덕분에 가을 밤하늘은 페르 세우스 이야기로 꽉 채워져. 페르세우스자리, 안드로메다자리, 그리고 장인 장모인 케페우스자리, 카시오페이아자리, 천마 페 가수스자리, 그리고 괴물 고래자리까지 다 같이 별자리가 되어 빛나고 있어.

별자리뿐만 아니라 각각의 별에도 이름이 있어. 1등성부터 3등성까지의 밝은 별들은 대개 고유한 이름을 가지고 있는데, 예를 들면 북두칠성의 일곱 개 별들은 각각 두베, 메라크, 펙다, 메그레즈, 알리오스, 미자르, 알코르라고 불려. 별에도 등급이 있다는 건 알고 있지? 중학교 과학 교과서에도 나오잖아. 기원 전 2세기경 그리스의 천문학자인 히파르코스Hipporchos가 별을 밝 기에 따라 1등급에서 6등급으로 나눴는데, 맨눈으로 보이는 별 중에서 가장 밝게 보이는 별이 1등성이야. 등급이 낮아질수록 별의 밝기도 어두워져. 한 등급 간의 밝기는 약 2.5배 차이가 나 는데 1등성과 6등성의 밝기 차이는 약 100배가 난대. 그러니까

1등성이 얼마나 밝게 빛나는 별인지 알겠지?

남쪽 물고기자리의 1등성 별의 이름은 포말하우트야. '외로운 별' 혹은 'lonely one'이라고도 불려. 이 별은 가을에 동쪽 하늘에서 볼 수 있는데, 나름 일등성이지만 그리 밝지는 않아. 그런데 주변에 밝은 별이 하나도 없어서 상대적으로 더 밝게 보이는 거지. 아마 이런 이유로 '외로운 별'이라는 이름을 붙인 것 같아. 《재미있는 별자리여행》을 거의 뗄 무렵, 자정이 넘은 밤에 남동쪽에서 다소곳이 떠오르는 이 별을 처음 보았어. 문학 소년도 아니고 공돌이를 지향했던 메마른 감성의 소유자인 나에게도 참으로 아름다운 장면이었지.

나는 이 아름다운 별과 낭만적인 이름이 너무 마음에 들더라고. 그래서 대학교 때부터 내 닉네임을 'lonely one'의 약자인 'L.O.'라고 지었어. 근데 주변 사람들은 나의 심오한 뜻은 모르고 발음이 비슷하다고 자꾸 '에로'라고 놀리는 거야. 속이 시커먼 녀석들이라 그런 쪽으로밖에 생각을 못하는 거지.

어쨌든 한 번 꽂히면 끝장을 보는 성격 탓에 별에 꽂힌 후부터 나는 밤만 되면 바빠졌어. 어서 빨리 책에서 본 별자리들을 내 눈으로 다 확인하고 싶어서 안달이 났지. 하지만 이게 내 마음대로 되는 일이 아니더라고. 왜냐면 지구의 자전과 공전으로 계절마다 나타나는 별자리가 달라지거든. 즉, 시간의 흐름에 따라야 한다는 뜻이지. 24시간 내내 밤이 계속된다면 하루 만에 별자리를 졸업했겠지만 낮엔 태양 때문에 별을 볼 수 없잖아. 태양 근처에 있는 별자리들은 태양이 조금씩 움직여서 비킬 때까지 기다려야 하거든. 그래서 책에 있는 별자리를 다 찾아보는 데 몇 달이나 걸렸어.

그래도 하룻밤 꼬박 밤하늘을 지켜보면 세 계절의 별자리를 찾을 수 있어. 가을이라면 초저녁엔 여름철 별자리들이 서쪽 하늘에 걸려 있고, 깊은 밤이 되면 가을철 별자리들이 하늘 높이 떠오르거든. 그러다 새벽이 다가오면 동쪽 하늘에서 겨울철 별자리들이 떠오르기 시작해. 어서 빨리 내 눈으로 보고 싶은 마음에 주말이 되면 졸린 눈을 비비며 새벽녘까지 별을 관찰하기도 했지.

학교에서 야간 자습을 할 땐 쉬는 시간마다 별을 보러 친구들과 함께 운동장으로 달려 나갔어. 그 전엔 '쉬는 시간 = 수면 시간'이었는데, 이제는 자는 것보다 별을 보는 게 더 좋은 거야. 그렇다고 매일 볼 수 있는 것도 아니야. 별을 또렷하게 볼 수 있을 만큼 맑은 날이 그렇게 많지 않거든. 그래서 날씨가 좋은 날엔 야간 자습을 끝내고 친구들과 학교에 남아 새벽까지 별을 보다 집으로 돌아가기도 했지.

그때 같이 별을 본 친구들이 서너 명 있었는데, 다들 《재미있는 별자리여행》을 읽고 천문 키즈가 된 아이들이었어. 틈만 나면 우리끼리 모여 앉아 별에 대한 이야기를 나누고, 야간 자습 시간이 끝나면 우르르 운동장으로 몰려 나갔지. 나중엔 '엘렉트라 아마추어 천문회'라는 동아리도 만들었어. 아마추어 천문회라고 하니까 뭔가 있어 보이지? '엘렉트라'는 황소자리에 있는 플레이아데스 **성단***의 일곱 개 별 중에서 막내 공주별의 이름이야. 맨눈으로 보일 정도로 아주 밝은 별들인데 오직 막내 공주별인 엘렉트라만 보이지 않는 거야. 왠지 안타까운 사연이 있을 것 같고, 좀 측은한 맘이 들지 않니? 계모에게 쫓겨난 백설공주나 구박받는 신데렐라가 연상되면서 괜히 엘렉트라에게 자꾸 마음이 쓰이더라고. 그래서 정의로운 아마추어 천문회 용사들은 잃어버린 막내 공주를 잊지 않기 위해 '엘렉트라'라는 이름을 붙이기로 한 거지. 꿈보다 해몽이 좋은 것 같다고? 원래 그런 거야. 어떻게 해석하느냐, 어떤 의미를 부여하느냐에 따라 별 거 아닌 것도 대단한 것이 되잖아? 이런 걸 전문 용어로 '마케팅'이라고 하지.

꿈 찾고 과학 잡고!

★**성단**

수백 개에서 수십만 개의 별들이 모여 있는 것으로, 별들이 모여 있는 형태에 따라 구상성단과 산개성단으로 나뉘어. 구상성단은 공 모양으로 빽빽하게 밀집되어 있는 형태이고 산개성단은 불규칙적으로 듬성듬성 밀집되어 있는 형태의 성단을 말해.

진짜 너의 꿈을 꿔라

별 때문에
절친들도 생겼어

　별만큼이나 '엘렉트라' 친구들은 내게 각별한 의미가 있었어.
이 두 가지가 없었다면 내 고교 시절은 추억이라 할 만한 것이
없을 만큼 삭막했을 거야. 서울대학교 출신이라는 걸 보고 감
잡았겠지만, 내가 공부를 꽤 잘했거든. 전교 1등을 도맡아 할 정
도는 아니었지만, 전교 3등은 유지할 정도였어. 사실 이런 애들
을 별로 안 좋아하잖아. 좀 재수 없어 하고. 그래서 친구가 별로
없었어. 늘 조용하게 공부만 하니까 아이들이 별로 접근을 안
하더라고. 내성적인 성격에다 아이들과 어울릴 만한 잡기가 없
으니까 더더욱 친해지기가 힘들었어. 친구가 되려면 뭔가 공통
점이 있고 같이 어울려서 놀 만한 게 있어야 하는데, 나는 그런
게 별로 없었어. 그래서 더더욱 공부에 집중할 수밖에 없었지.
학교에 가면 그거밖에 할 게 없었으니까.
　내가 어느 정도로 공부만 했느냐 하면, 소풍을 간 날에도 도
서관에 갈 정도였어. 부산에선 주로 동네 금정산이나 초읍의 어
린이대공원으로 소풍을 가거든. 사실 소풍이란 게 학교가 아닌
야외에서 도시락 먹는 데 의의를 두는 정도의 행사잖아. 그래서

보통 점심 먹고 잠깐 있다 2~3시면 해산하잖아. 그러면 아이들끼리 삼삼오오 모여서 서면이나 남포동으로 놀러 가거든. 그런데 나는 사람 많은 곳을 안 좋아하기도 하고 또 같이 가자고 하는 친구도 없었어. 곧바로 집으로 가기는 좀 싫고, 그래서 만만한 도서관으로 가서 책이나 본 거지.

이렇게 말하니 왠지 내가 좀 불쌍하게 느껴지네. 아, 그렇다고 내가 재수 없는 범생이거나 아이들이 왕따를 시켰을 거라는 오해는 말아 줘. 다만 서로 취향과 놀이의 관심사가 달랐던 것뿐이니까. 그러다 별이라는 공통 관심사를 가진 친구들을 만나게 된 거지. 확실히 사람은 아이나 어른이나 공통의 관심사가 있어야 더욱 친해지고 관계가 오래갈 수 있는 것 같아.

맨눈으로 사계절 별자리를 다 보고 나니 좀 더 자세히 보고 싶은 욕심이 생기더라고. 밤하늘에는 별만 있는 게 아니거든. 성운, 성단, **은하***같이 아주 작고 희미하지만 아름답고 신비한 대상들이 많아. 그런데 이런 대상들은 맨눈으론 보기 힘들어. 바야흐로 망원경이 필요해진 시기가 온 거지. 《재미있는 별자리여행》 책에도 망원경으로 볼 수 있는 작고 희미한 천체들에 대한 설명이 많아. 이것들을 보려면 비싼 망원경이 필요한데, 그럴 돈이 없잖아. 그래서 아쉬운 대로 집에 있는 쌍안경을 들고 나가기 시작했어. 밤하늘을 보는 용도의 쌍안경은 고배율이 필요 없어. 더 넓게 보는 것이 중요하니까. 또 배율이 높으면 손으로 들고 보기가 힘들어져. 그러니 7배 정도까지가 딱 좋아.

쌍안경으로 바라본 밤하늘은 또 다른 세계였어. 특히 가을의 밤하늘에는 가장 아름다운 대상들이 거의 다 모여 있거든. 서쪽 하늘로 넘어가는 **은하수*** 자락을 쌍안경으로 쭉 훑으면 별들이 정말 많이 보여. 군데군데 별들이 밀집된 성단들도 보이는데, 그중에서 가장 아름다운 대상이 황소자리의 플레이아데스성단이야. 바로 우리 천문회 이름인 엘렉트라가 있는 성

단이지. 대여섯 개의 별들이 몰려 있는 것을 맨눈으로도 볼 수 있을 정도로 밝은데, 그리스 로마 신화에서는 '칠 공주별'이라고 불렀대. 우리나라에서는 '좀생이별'이라고 부른다는데, 두 개 다 내 마음엔 안 들어. '칠 공주별'은 왠지 껌 좀 씹는 '칠 공주파' 언니들이 딱 떠오르고, '좀생이별'은 속 좁은 좀생이 같다는 느낌이 들지 않니?

플레이아데스성단 바로 밑에 있는 게 히아데스성단이야. 그

페르세우스와 안드로메다 등 별들의 이야기로 가득 찬 가을철 별자리 사진이야.

리스 신화에서 히아데스는 세계의 축을 떠받치고 있는 아틀라스의 딸로 나오는데, 플레이아데스와는 배다른 자매라고 해. 오밀조밀한 플레이아데스성단과 달리 별들이 듬성듬성 보이는

진짜 너의 꿈을 꿔라

게 아름다우면서도 쓸쓸한 느낌이 있지.

그리고 망원경 없이 볼 수 있는 외부은하 중에서 대표적인 것이 그 유명한 안드로메다대은하야. 이곳에서 왔다는 친구들을 가끔 만날 수 있을 정도로 우리에겐 친숙한 은하계지. 맨눈으로 볼 수는 있지만 너무 멀리 떨어져 있어서 희뿌옇게 작은 점으로만 보여. 안드로메다은하에는 수천억 개의 별들이 모여 있어. 이런 은하가 우주에는 또 수천억 개나 있지. 가끔 수명을 다한 별이 대폭발을 일으키기도 하는데 그럴 때에는 외부은하의 작은 별이 맨눈으로 보일 정도로 밝아져. 태양 근처에 이런 대폭발을 일으킬 만한 별이 없는 것이 천만다행이야. 가까이에서 그런 일이 생기면 우리 지구는 무사하지 못할 테니까.

안드로메다은하는 우리가 맨눈으로 볼 수 있는 것 중 가장 멀리 있어. 얼마나 머냐면 빛의 속도로 250만 년이나 걸리는 거리야. 이 뜻은 지금 보고 있는 저 빛이 250만 년 전의 모습이란 이야기지. 100년도 못 사는 인간에겐 멀어도 너무 먼 거리라 실감이 나지 않지? 그러니 혹시 주위에서 안드로메다에서 온 친구들을 만나더라도 너무 이상하게 생각하지는 말자고. 세대 차이가 나도 너무 많이 나서 그런 거니까.

맨눈으로 보면 희뿌연 안드로메다은하의 실제 모습이야. ©Adam Evans

치악산에서 촬영한 은하수 사진이야. 밤하늘에 가득 찬
은하수는 사진으로 봐도 정말 멋지지만 실제로 보면
숨이 막힐 정도로 아름다워.

엄청나게 컸던 별똥별

어느 날 엘렉트라 친구들이랑 학교 운동장에서 별을 보다가 엄청난 걸 봤어. 굉장히 큰 별똥별이 '타탁타탁' 하는 소리가 들릴 정도로 큰 불꽃을 휘날리면서 떨어지고 있는 거야. 이렇게 큰 별똥별은 특별히 화구라고 부르는데, 갑자기 주변이 환해져서 뭔가 했더니 하늘에서 불덩어리가 떨어지고 있더라고. 우리 모두는 그것을 발견하고 동시에 "우와!" 하고 탄성을 질렀어. 대부분의 별똥별은 좁쌀만 해서 지구의 중력에 끌려 들어오다가 대기권과 마찰을 하면서 불타 버리거든. 그런데 이 화구는 얼마나 큰지 울퉁불퉁한 덩어리가 눈으로 보일 정도였어. 이렇게 큰 것들은 대기권에서 다 타지 않고 지상에 떨어져 운석을 남기기도 해. 그보다도 큰 것이 떨어지면 지구 전체가 위험해질 수도 있지. 공룡이 멸종한 이유가 바로 이 때문이라는 학설도 있잖아. 〈아마겟돈〉이란 영화 들어 본 적 있지? 이 영화가 소행성이 지구로 떨어지는 걸 막기 위해 펼쳐지는 이야기거든.

그런데 그날 본 화구는 주변을 환하게 밝히면서 하늘을 가로지르더니 북두칠성의 국자 한가운데서 '탁' 하고 터지는 거야. 폭발 크기가 얼마나 큰지 터진 뒤에도 한동안 지나간 자리에

'유성흔'이 보일 정도였어. '유성흔'은 별똥별이 타고 남은 재를 말해. 이 광경을 보고 있는데 머리칼이 쭈뼛 서면서 소름이 쫙 끼치더라고. 왜냐면 무서울 정도로 대단한 광경이기도 했지만 북두칠성은 죽음을 상징하는 별이거든. 그런데 북두칠성에서, 그것도 정확하게 국자 모양 안에서 화구가 터져 버린 거야. 이 건 불길한 일이 일어날 거라는 징조인 거지. 삼국지에서 제갈공명이 이걸 보고 자신의 죽음을 예감했다고 하잖아. 그런데 그걸 직접 두 눈으로 목격했으니……. 우리는 겁에 질려서 아무 말도 못하고 서로 눈치만 봤어.

"누구 죽는 거 아이가?"

한 녀석이 두려움의 침묵을 깨고 슬그머니 이 말을 던졌어. 그제서야 우리 모두 아무 일 아니라는 듯 허세를 떨며 한마디씩 하기 시작했어.

"전쟁이라도 나는 거가?"

"다 미신이다, 인마! 바보 아이가? 니 그럼 산타클로스도 진짜라고 믿겠네? 그거 다 사람들이 지어낸 거 아이가."

"아이다. 내 안 믿었다. 그래, 이제 생각났다. 예전에 북두칠성파라는 조직이 있었는데, 그 조직 보스가 그렇게 살벌했다고 하대. 그래서 별명이 '죽음의 신'이라고 했다던데……."

"아아……, 그래서 북두칠성에 그런 말이 붙었나 보네. 별 거 아니네. 하하하!"

이 중에서 내가 한 말이 무엇이었는지는 밝히지 않을게. 아무튼 그날 밤, 우린 학교 운동장에 모여 괜찮은 척 허세를 부리다가 서둘러 헤어져 집으로 돌아갔어. 같이 있을 때는 안 무서운 척했지만 사실 속으론 좀 겁이 났지. 혹시 무슨 일이 일어나지는 않을까 꿈자리가 뒤숭숭했어. 결국은 아무 일도 일어나지 않았지만 말이야.

옛날 우리의 조상들도 당시의 지식으로는 이해할 수 없는 엄청난 자연 현상을 보면서 두려워했는데, 그걸 가지고 여러 가지 신화나 전설 그리고 미신 같은 것들을 생각해 냈지. 겁먹는 게 바보처럼 보이겠지만 진짜 그런 광경을 눈으로 직접 보면 멋있기도 하지만 가끔 겁이 나기도 해. 시각적으로 충격이 대단했거든. 요즘 인터넷에서 우주 사진들을 많이 볼 수 있잖아. 그런 사진들을 보면 웅장하고 신비롭기도 하지만 가끔 공포심이 들 때도 있지 않아? 시커먼 구멍이 뻥 뚫려 있는 블랙홀 사진을 보면 좀 기괴하잖아. 밤하늘을 관측하다 보면 가끔 이런 묘한 공포심 같은 게 생길 때가 있어.

사실 이런 기분은 그것이 무엇인지 잘 모르기 때문에 생기는 거야. 사람은 자신이 모르는 것에 대해 공포나 두려움을 느낄 수밖에 없거든. 그것이 무엇인지 알고 나면 이런 감정은 많이 감소되지. 그런데 가끔은 무섭다는 이유로 더 이상 알려고 하지 않는 사람들이 있어. 그러면 평생 그 공포와 두려움에서 벗어날 수가 없게 돼. 계속 불확실한 정체에 대한 의문과 두려움을 안고 살아가야 하지. 그러니까 어떤 두려운 일이 생겼을 때에는 회피하거나 도망가지 말고 그것이 무엇인지 똑바로 알려고 해야 해.

만약 우리가 북두칠성의 전설만 알고 화구의 정체는 몰랐다면 두려움은 더 오래 갔을 거야. 하지만 우리는 그게 뭔지 알고 있었기 때문에 잠깐 놀라긴 했지만 금방 잊어버릴 수 있었어. 그러니까 두려움에서 벗어나는 건 회피가 아니라 그것의 실체를 알아내서 정면 대응하는 것밖에 없다는 거, 잊지 마.

소백산 천문대 앞마당에서 본 화구 사진이야. 밝은 불빛이 밤하늘을 가로지르는 게 보이지? 중간에 선이 약간 굵어지는 부분이 있는데, 별똥별이 떨어지다가 이 지점에서 터진 거야. 촬영 준비를 하느라 아래쪽을 보고 있었는데 갑자기 주변이 밝아지더라고. 하늘을 쳐다봤더니 저렇게 큰 화구가 떨어지고 있었어.

나의 첫 망원경은
'하루 천하'로 끝났지

쌍안경까지 동원해 사계절 별자리와 성운, 성단, 은하들을 봤지만 그것에 만족할 수는 없었어. 이제는 정말 망원경이 필요해진 시점이 온 거지. 결국 용돈을 다 털어 망원경을 질렀어. 그래 봤자 문방구에서 파는 몇 만 원짜리 장난감 수준의 망원경이지만, 그래도 이게 우습게 볼 물건은 아니야. 갈릴레이가 천체 관측에 사용한 망원경의 성능이 이 정도였거든. 갈릴레이는 이런 허접한 망원경을 가지고도 많은 걸 발견해 낸 거야. 옛날 사람들은 달이 치즈 덩어리고, 은하수는 우유를 뿌려 놓은 거라고 믿었다고 해. 그런데 갈릴레이가 장난감 수준의 망원경을 가지고 이런 믿음들을 깨 버린 거지. 그리고 태양에 흑점이 있고, 금성에 위상 변화가 있다는 것도 발견해 냈어. 정말 대단하지 않니? 프로는 연장을 탓하지 않는다고 하더니, 이런 장난감 망원경을 가지고도 그런 걸 발견해 낸 거야.

낮에 망원경을 조립해서 봤더니 예상보다 꽤나 멀리까지 잘 보이는 거야. 이 망원경으로 빨리 밤하늘을 보고 싶어서 안달이 났지. 밤이 되기만을 초조하게 기다리다가 달이 뜨자마자 잽싸

게 옥상으로 뛰어 올라갔어. 그리고 빨래를 너는 T자 모양의 철제 기둥 위에 망원경을 올려놓고 달을 찾아봤어. 사냥을 하던 감각이 있어서 그런지 조그만 달을 쉽게 망원경의 시야에 집어넣을 수 있었어. 그리고 초점을 맞추자 달의 분화구들이 가까이에서 보는 것처럼 선명하게 보이는 거야. 사진으로만 보던 달의 울퉁불퉁한 표면을 눈으로 확인하는 순간 입에서 저절로 '우와' 하는 감탄사가 흘러나왔어. 직접 안 본 사람은 절대로 그 느낌을 모를 거야. '신비롭다'라는 말이 무엇을 표현하기 위한 단어인지를 그대로 보여 주는 것 같았어.

그런데 달을 보는데 정신이 팔려서 너무 황홀경에 빠져 있다 보니 그만 망원경을 잡고 있던 손에서 힘이 빠져 버린 거야. 순간 망원경이 바닥으로 떨어져 버렸어. 옥상에서 1층 바닥까지 추락한 망원경은 부서지고 말았지. 산산조각이 나서 흩어져 있는 망원경 조각들을 바라보는데, 그때의 그 황망한 기분이란……. 천당에서 지옥으로 순식간에 추락하는 것 같았어. 이미 엎질러진 물이지만 그렇다고 그냥 버릴 순 없잖아. 깨진 부품들을 긁어모아 다시 조립해 봤지. 다행히 렌즈는 깨지지 않았지만 상이 또렷이 맺히지 않는 거야. 달을 봐도 그냥 밝은 덩어리로만 보였어. 어쩔 수 없이 나의 첫 번째 망원경과는 그렇게 끝나고 말았어.

천체 관측이나 사진을 찍을 때 망원경과 카메라만큼 중요한 장비가 바로 삼각대야. 안정적으로 관측을 하려면 삼각대가 튼튼해야 하거든. 그래서 고급 망원경일수록 망원경 자체보다 망원경을 고정하는 다리가 더 비싸기도 해. 지구의 자전으로 별들이 천천히 움직이니까 그 속도를 따라 망원경도 정밀하게 움직여 줘야 하거든. 이런 정밀 장치가 달린 삼각대는 굉장히 비쌀 수밖에 없지. 그때는 이런 상식도 모르는 데다 돈도 없어서 망원경만 덜렁 산 게 실수였어. 미리 알았더라면 아버지의 카메라 삼각대라도 들고 올라갔을 텐데 말이야.

내가 망가뜨리긴 했지만 너무 속상하고 억울한 거야. 그 망원경으로 목성의 표면 무늬나 토성의 띠도 보고 싶었는데, 겨우 달의 분화구 하나만 잠깐 보고 망가졌으니 얼마나 속상했겠어. 사실 그 망원경의 성능 가지고 목성이나 토성을 선명하게 볼 수는 없어. 갈릴레이가 토성에 귀가 달려 있다고 잘못 기록한 것도 그때 사용한 망원경의 성능으론 토성의 띠를 제대로 관측할 수 없었기 때문이거든. 그것보다 훨씬 성능이 좋은 망원경이 있어야 제대로 볼 수 있는데 그런 건 굉장히 비싸지. 내 용돈을 몇 년 동안 모아도 살 수 없을 정도로 말이야. 그런데 포기하자고 다짐하면서도 자꾸 미련이 남는 거야. 책에서 본 목성 표면과 토성의 띠가 눈앞에 아른거려서 며칠 동안 끙끙거리며 속앓이를 했어. 마치 상사병에 걸린 소년처럼 말이야.

망원경을 깨 먹고 나서
고3이 되었지

망원경을 깨 먹고 나서는 더 좋은 망원경으로 밤하늘을 보고 싶다는 생각이 점점 더 간절해졌어. 티 내지 않으려고 했는데 어머니가 알아채고는 걱정을 하셨지. 무슨 고민이 있느냐고 물으셔서 그냥 별 생각 없이 망원경 이야기를 했지. 하지만 이건 절대로 사 달라는 뜻으로 말한 건 아니었어. 그런데 내가 너무 망원경에 빠져 있는 바람에 우리 아버지의 통 큰 스타일을 깜빡해 버린 거지. 다음 날 밤에 아버지가 내 방으로 들어오시더니 다짜고짜 이렇게 말씀하시는 거야.

"그 망원경이 얼만데?"

헉! 그 순간 정신이 번쩍 났지. 아버지가 또 지르시려나 보구나. 말려야겠다는 생각이 퍼뜩 들었어. 내 아버지는 어찌 보면 좀 유별난 분이셔. 아버지는 초등학생인 나를 위해 1980년대 초반이었던 당시로서는 꽤 비쌌던 컴퓨터를 사 올 정도로 통이 크신 분이거든. 그렇다고 나를 컴퓨터 영재나 과학자로 만들겠다는 목적을 가지고 그러시는 건 아니야. 평소에 공부하라는 말도 없고 딱히 자식 교육에 관심도 없으시거든. 그런데 과학과 관련된 기기나 교재는 너무나도 아낌없이 사 주시는 거야.

사 달라는 걸 척척 사 주는 아버지를 둬서 정말 부럽다고? 뭐 그렇게 보일 수는 있겠다. 보통은 아이가 사 달라고 하면 부모가 안 사 줘서 속상해 하잖아. 그런데 적당한 가격의 소소한 걸 사 주면 좋은데 내 아버지처럼 너무 과한 걸 사 주면 썩 좋지만은 않아. 컴퓨터 같은 아주 비싼 물건을 받으면 사실 부담스럽고, 더 열심히 해야 한다는 책임감 같은 게 생기거든. 그래서 어렸을 때부터 부모님이 뭘 사 주신다고 해도 되레 내가 괜찮다고 했어. 갖고 싶기는 하지만 어린 마음에도 부담이 되었던 거지.

이렇게 한 쪽이 너무 통 크게 나오면 받는 입장에선 말릴 수밖에 없어져. 사실 부모와 자식 사이에도 상대성의 원리가 적용되거든. 한 쪽이 과하면 다른 쪽은 방어적이 되는 것이지. 부모님이 사 달라는 걸 잘 안 사 주는 건 어쩌면 너희들이 너무 많은 요구를 하기 때문인지도 몰라. 너희가 너무 과하니까 부모님은 방어적으로 나오는 거야. 그러니까 뭘 요구할 때는 이 점을 잘 생각해 봐야 해.

그래서 통 크게 지르시는 스타일의 아버지를 둔 덕분에 오히려 나는 소심해질 수밖에 없었어. 물론 망원경을 갖고 싶지만 100만 원이 넘는 걸 살 수는 없잖아. 나는 아버지의 지름신을 대학에 가면 사 달라는 말로 간신히 잠재웠어. 마침 그때가 고3으로 올라가는 중요한 시기였거든. 사실 고3이 되면 별을 보는 데 많은 시간을 쓸 순 없잖아. 초등학교부터 몇 년간의 노력에 방점을 찍는 중요한 시기니까 말이야. 난 가급적 모든 것을 대학 입시가 끝난 후로 미루고 오직 공부에만 집중하기로 결심했어. 그 전까지도 열심히 해 왔지만 고3 한 해 동안만은 내 마음과 정신을 완전히 공부에 몰입해 보고 싶더라고.

물론 내가 원하는 좋은 대학에 가고 싶은 욕심이 컸어. 대학에 가지 않을 거라면 모르겠지만 이왕 대학에 간다면 우리나라에서 제일 좋은 곳으로 가고 싶었거든. 그때 내 목표는 항공우주공학과였어. 앞에서 말했지만 이 학과로 진학해서 비행기를 만드는 게 내 오랜 꿈이었지. 당시에 항공우주공학과가 있는 대학은 몇 군데 있었지만, 이왕이면 우리나라에서 제일 좋은 대학이라는 서울대에 가고 싶었어. 그리고 서울대에 가려면 공부를 정말 잘해야 하잖아. 그러니 더욱 열심히 공부해야 했지.

이런 목표도 있었지만 그보다 더 중요한 게 있었어. 무언가를 제대로 해내기 위해선 기초를 닦는 훈련의 시간이 반드시 필요하다고 봐. 한 단계를 충실히 밟아야 다음 단계로 넘어갈 수 있거든. 기초 단계를 빼고 처음부터 상위 단계로 바로 갈 수는 없어. 요리사가 되기 위해선 설거지와 칼 다루는 법부터 익혀야 하는 것처럼 말이야. 사실 좋아하는 것을 하기 위해선 싫어하는 단계를 거쳐야 할 때가 더 많아. 그런데 싫어하는 단계라고 해서 그 과정을 충실히 밟지 않으면 결국 좋아하는 단계로 넘어갈 수가 없어. 좋아하는 것을 하기 위해선 싫어하는 과정을 꾹 참고 제대로 거쳐야 해.

나는 그게 바로 '공부'라고 생각해. 대학에 진학하든 안 하든 초등학교부터 고등학교 때까지 배우는 공부는 우리가 살아가면서 거쳐야 할 기초 단계거든. 너희들이 학교에서 배우는 지식은 기초적으로 갖춰야 할 지식과 상식이야. 그래서 어떤 형식으로든 앞으로의 삶에 영향을 끼치게 되지. 물론 이 단계가 마음에 안 들 거야. 지루하고 재미가 없으니까. 그래도 공부라는 기초 단계를 제대로 밟아야 다음 단계로 잘 넘어갈 수 있어. 대학을 목적으로 한다면 더더욱 열심히 해야겠지. 하지만 대학이 아니더라도 자신의 삶에 필요한 기초 지식을 배운다는 점에서 공부는 해야 할 필요가 있어. 그런데 혹시 이 이야기가 단지 어른의 잔소리로 들린다고? 그렇다면 할 수 없지만, 결국 나중에 시간이 지나면 다 알게 되는 일이야. 그런데 이걸 좀 일찍 깨닫게 되면 좋은 점이 아주 많아. 왜냐면 공부가 싫어지지 않거든. 공부라는 게 해 볼 만하다는 생각을 하게 되거든. 그러다가 급기야는 공부와 친해지기도 하지.

그리고 살다 보면 무엇에 완전히 미쳐야 할 때가 찾아와. 가끔은 24시간 동안 나의 모든 정신과 마음을 오직 그것에만 몰입해야 할 시기가 있어. 그렇게 일이든 공부든 거기에 완전히 몰입하는 단계를 거치고 나면 무언가 달라져. 'W=F×S'라는 물리 공식 알지? 일은 힘과 이동 거리에 비례한다는 개념이잖아. 이 공식에 따르면 힘을 줘서 일정한 거리를 움직여야 일, 즉 성과가 날 수 있어. 그런데 여기에는 마찰력이라는 복병이 존재하지. 바위를 밀지만 마찰력 때문에 바로 움직이지 못하는 것처럼 말이야. 바위를 움직이기 위해선 마찰력을 이겨 낼 만큼의 힘이 필요해. 마찰력만 이겨 내면 그 뒤에는 오히려 쉽게 바위를 움직일 수 있어. 바로 관성의 힘 때문이지. 이 개념은 사람에게도 똑같이 적용돼.

이루고 싶은 것이 있는데 그게 쉽게 이뤄지지 않을 때가 있지? 그럴 때는 '대충'이나 '적당히'가 아니라 자신을 완전히 몰아붙여야 해. 중요한 건 마찰력을 이길 때까지 집중해서 계속 노력을 하는 거야. 사람에 따라 기존의 상태에서 벗어나는 기간이 길 수도 있어. 미는 힘이 약할 수도 있고 마찰력이 너무 크기 때문일 수도 있겠지. 하지만 만약 중간에 포기해 버리면 아무런 변화도 일어나지 않아. 100도가 되기 전에 불을 꺼 버리면 끓고 있던 물이 기체가 되지 않고 계속 물의 상태로만 있는 것과 같은 원리야.

아무튼 자신을 변화시켜서 어떤 성과를 얻는 경험을 하게 되면 그보다 더 큰 일, 다른 일도 해낼 수 있어. 그런 측면에서 공부야 말로 자신의 '상태 변화'를 쉽게 경험할 수 있는 가장 좋은 소재인지도 몰라. 공부는 내가 투여한 노력만큼 결과가 나오는 아주 정직한 영역이거든.

진짜 너의 꿈을 꿔라

너희들은 지금
뭘 경험하고 있지?

나는 총을 쏠 줄 아는
어린 사냥꾼이었어

내가 생각하기에 개인의 특별함 혹은 다른 사람과의 차별성
은 경험의 차이에서 비롯된다고 믿어. 대체로 사람의 생각이나
성향, 가치관은 자신의 경험치 내에서 형성되기 마련이거든. 여
기서 말하는 경험이란 직접 보고, 듣고, 몸으로 체험하는 것만이
아니야. 책이나 강연, 영화, TV 프로그램, 주위 사람의 행동이
나 말 등 여러 통로로 접하는 간접적인 것까지 포함하지. 그래

서 비슷한 경험치를 가진 사람들은 비슷한 성향과 생각을 가지기 쉬워. 세세하게 들어가면 개인의 느낌이나 감정에서는 차이가 나겠지만, 그것이 개인의 고유한 개성이나 특별함을 의미하는 정도는 아니야.

각자의 고유성이나 남들과의 차별성을 가지려면 다른 사람과는 다른 경험을 해 봐야 해. 사람들이 모두 하고 있는 것 이외의 다른 경험을 해 봐야 다른 걸 느끼고 생각할 수 있는 기회를 갖거든. 그런 기회들이 축적되면서 자신만의 고유한 개성과 특별함, 독창성이 형성될 수 있어.

그런데 간혹, 사람들은 다른 경험이 아니라 다른 물건을 가지는 것으로 다른 사람들과의 차별성을 꾀하려고 해. 남들이 가지지 못한 물건, 비싼 신제품이 자신을 특별하게 만들어 줄 거라고 생각하지만 그건 착각일 뿐이야. 비싼 브랜드 운동화나 신형 스마트폰이 너의 특별함과 개성을 보여 줄 수 있을 거라고 생각해? 결코 자신이 소비하는 물품이 자신을 대변해 줄 수는 없어. 무엇을 가지느냐가 아니라 어떤 경험을 하느냐에 따라 자신만의 특별함과 독창성이 결정되거든. 이런 점에서 너희들은 지금 어떤 특별한 경험을 하고 있니? 보편적인 경험 외에 다른 아이들이 하지 않는 특별한 경험 말이야.

내가 우리나라에서 하나밖에 없는 천체사진가라는 특별한 직업을 가지게 된 것은 어린 시절의 특별한 경험 덕분이었다고 생각해. 남들이 하지 못한 특별한 경험들이 쌓여서 남들과 다른 일을 하면서 살게 된 거지. 그 특별한 경험이 뭐냐고? 그건 바로 '총'이야. 어때, 조금 놀랍지? 나는 초등학교 5학년 때부터 총을 쏘고 사냥을 했어. 시골에 산 덕분에 도시에선 접하기 힘든 자연에서 특별한 경험을 하게 되었어. 혹시 내가 사격에 뛰어난 재능을 가진 사격 유망주였냐고? 하하, 그런 멋진 것과는 거리가 아주 멀어. 내가 또래 아이들과 전혀 다른 경험을 하게 된 이유는 유별난 아버지 덕분이었어.

아버지는 술을 사랑하는 분이셨지. 술을 너무 사랑하셔서 매일같이 드셔야만 하는 애주가인 아버지 덕분에 나는 다른 아이들은 경험하기 힘든 것들을 경험할 수 있었어. 아버지는 거의 매일 저녁마다 술을 드셨는데, 시골에는 마땅한 안줏거리가 없었거든. 매일 마시는 술값도 만만치 않은데 안주에까지 돈을 많이 쓸 수 없잖아. 그래서 아버지는 당신의 술 안줏거리를 직접 마련하기 위해서 사냥을 하신 거야. 사냥이라고 하니까 영화에 나오는 것처럼 사냥개를 데리고 산속을 돌아다니며 큰 산짐승을 사냥하는 걸 떠올릴 수 있겠는데, 전혀 그렇지 않았어.

우리 아버지가 하는 사냥은 집 뒤에 있는 밭이나 산자락을 맴
도는 참새나 박새 같은 작은 새를 공기총으로 잡는 정도였어.
아버지는 틈만 나면 총을 들고 나가 이런 새들을 잡아 불에 구
워 그것을 안주 삼아 술을 드셨어. 그래서 총이나 사냥 같은 건
내게 익숙한 일이었고, 총에 맞아 떨어진 참새를 주워 오는 일
은 늘 내 몫이었지. 아버지가 총을 손질하고, 다음 날 쓸 산탄을
만들 때도 나는 항상 옆에 있었어. 저녁이 되면 방바닥에 신문
지를 깔고 좁쌀만 한 쇠구슬들이 들어 있는 통과 펀치로 뚫어서
동그랗게 만들어 둔 마분지, 그리고 이것들을 담을 새끼손가락
크기의 플라스틱 통들을 준비해. 이 플라스틱 통이 바로 산탄이
야. 이 안에 작은 쇠구슬들을 넣어서 공기의 힘으로 쇠구슬을
발사하는 거지.

"잘 봐, 이 통에 먼저 마분지를 넣어서 한쪽을 막아. 틈이 없도
록 꼼꼼하게 잘 끼워야 해. 그리고 나서 이 쇠구슬을 채워 넣어.
한 20~30개가 들어갈 거야."

나는 아버지가 하는 대로 따라서 쇠구슬을 집어넣었어. 아버
지는 내가 잘하는지 지켜보시다가 나무젓가락으로 구슬 사이
에 빈틈이 없도록 꾹꾹 누르셨어.

아버지가 옆에서 하는 대로 나는 작은 손에 힘을 주고 마분지

로 통의 입구를 꼼꼼하게 막았어. 그게 우리 부자의 겨울철 저녁 일상이었지. 보통은 아이가 그런 걸 만지기만 해도 기겁을 하며 혼을 낼 텐데, 우리 집은 그렇지 않았어. 유별나신 아버지를 둔 덕분에 나는 다른 아이들보다 많은 것들을 경험하며 자랄 수 있었지. 아마 대한민국에 사는 내 또래 아이들 중에 밤마다 산탄을 만들던 아이는 나밖에 없었을 거야.

공기총 산탄은 위력이 약해. 사정거리가 10m 정도밖에 안 되고 힘도 약해서 참새나 박새 같은 작은 새밖에 못 잡아. 게다가 산탄으로 잡은 사냥감은 몸에 박혀 있는 작은 쇠구슬들을 일일이 골라내야 먹을 수 있기 때문에 좀 귀찮아. 그래서 총에 익숙해진 뒤부턴 직경 5.6mm짜리 외알박이 납탄을 쓰기 시작했어. 이 외알박이는 사정거리가 50m 정도까지 되는 데다 산탄보다 힘도 좋아서 오리나 꿩처럼 덩치가 큰 새들도 잡을 수 있었어.

대신 산탄처럼 퍼지는 것이 아닌 데다 멀리 쏘게 되니 보다 정밀하게 조준해서 쏴야 하지. 그래서 이른바 '영점 조정'이라는 것을 해야 해. 십자선 가운데를 보고 쐈는데 오른쪽으로 간다면 십자선 위치를 거기에 맞추어 조정해야 하는 거지. 그래야 조준하는 곳과 총알이 맞는 곳이 일치하게 돼.

우리 집이 산기슭 외딴 곳에 있어서 아버지는 집 앞에 표적지를 세우고 총의 영점이 잘 맞는지 확인을 할 겸 사격 연습을 하시곤 했지. 그런데 5학년 겨울 방학 때 아버지가 불쑥 이렇게 말씀하시는 거야.

"너도 쏴 볼래?"

사실 그때 좀 놀랐어. 초등학교 5학년 아들한테 총을 쏴 보라고 하다니! 그런데 나도 아버지만큼 좀 유별난 아이였던 것 같아. 사실 나한테 총은 별로 신기할 것도, 위험할 것도 없는 물건이었던 거야. 그래도 이렇게 빨리 아버지가 나한테 총을 쏴 보라고 할 줄은 생각도 못 했어. 진짜 총을 쏴 보고 싶었는데 드디어 기회가 온 거지. 나는 "네" 하고 냉큼 대답하고는 아버지가 내미는 총을 건네받았어. 처음 총을 쏘려니 가슴이 두근두근하더라고. 아버지는 그날 공기총의 원리부터 안전한 사용법까지 다 알려 주셨어.

"우선 총의 원리를 가르쳐 줄게. 자, 이렇게 펌프질을 하면 여기에 있는 공기가 압축이 돼. 노리쇠를 당기면 스프링이 이렇게 당겨지지. 이때 방아쇠를 당기면 송곳 모양의 공이라는 게 튀어나가서 압축 공기 마개를 때려. 그러면 순간적으로 마개가 열리고 압축 공기가 흘러나오면서 총알을 앞으로 밀어내는 거야. 알겠지?"

사실 난 옆에서 아버지가 총을 쏘는 건 봤지만 어떤 원리로 총알이 나가는지 자세히는 몰랐어. 그냥 총알을 넣고 방아쇠만 당기면 되는 건 줄 알았거든.

"총을 쏠 때는 항상 목표보다 목표 뒤를 봐야 해. 총 쏘는 방향에 사람이나 건물이 있는지 주의해서 살펴야 해. 그리고 총 쏘기 전에는 절대로 노리쇠를 당겨 놓으면 안 되고, 방아쇠울에 손가락을 넣고 다녀도 안 되지. 안전하게만 사용하면 절대 위험하지 않아."

나는 아버지가 설명해 주는 공기총의 원리와 사용 방법에 대해 다 듣고 나서 사격 자세를 취했어. 그리고 아버지가 정해 준 전방 15m 앞에 서 있는 나무의 표적을 향해 방아쇠를 당겼어. 사실 처음 해 보는 사격이기 때문에 표적을 맞출 거라고는 별로 기대하지 않았는데, 세상에나! 총알이 표적을 정확히 맞힌 거야. 아버지가 입을 떡 벌리며 놀라서 나를 쳐다봤어.

'와, 이거 재미있네!'

나는 속으로 생각했지. 아버지가 흐뭇한 표정으로 나를 쳐다보더군. 몇 발 더 쏴 보라고 하셨어. 모두 과녁에 명중했지. 아버지가 의미심장한 미소를 지으며 내 머리를 쓰다듬어 주셨어. 그리고 이렇게 말씀하셨지.

"이 녀석, 나보다도 잘 쏘네."

사실 나는 총 쏘는 것은 자신 있었어. 초등학교 저학년 때부터 나무젓가락으로 고무줄 총을 만들고 노는 게 일이었거든. 단발총, 쌍발총, 기관총까지. 고무줄과 젓가락, 그리고 칼만 있으면 뚝딱이었지. 그렇게 만든 고무줄 총으로 집안의 파리들을 잡았어. 파리채로 잡을 수도 있지만 총으로 잡는 것이 훨씬 재미있잖아. 대신 고무줄을 맞고 터져 버린 파리들의 흔적이 벽지에 남곤 했지. 고구려의 시조 주몽도 어릴 적에 집에서 장난감 활로 파리를 잡고 놀았다고 위인전에 나오잖아. 나도 사격에 천부적인 재능을 타고난 것이 아닐까 생각하기도 했지. 하지만 사격 유망주가 되어 국가 대표로 올림픽에 나가겠다거나 뭐 그런 생각까지는 안 해 본 것 같아. 그냥 재미있으면 되는 거니까. 나는 아버지한테 그날부터 총을 쏴도 된다는 허락을 받았어. 드디어 사냥개 같은 조수 역할에서 사냥꾼이 된 거야. 사실 기껏해야 동네 참새를 잡는 수준이었지만!

나의 차별점은 총을
잘 다루게 되면서 시작되었지

아버지는 매일 술을 드셔서 날마다 안줏거리가 필요하셨어. 그런데 겨울철은 해가 짧아 어두워지고 나서야 퇴근을 하시니 평일에는 참새들을 괴롭히지 못하고 주말에나 안줏거리를 보충할 수 있었지. 이제 아버지의 술 안줏거리를 마련하는 건 내 일이 되어 버렸어. 아버지의 사냥을 위해 매일 밤마다 산탄을 만들던 나는 이제 직접 총을 들고 사냥에 나서야 했던 거지. 사냥을 허락하신 다음날부터 아버지의 대사는 "오철아, 가자!"에서 "오철아, 오늘은 뭐 좀 잡은 게 있냐?"로 바뀌어 버렸어.

아무리 생각해도 우리 아버지는 유별남을 넘어서 정말 특이한 분인 것 같아. 다른 부모님들은 산탄을 만들라고 시키지도 않을 뿐더러 그럴 시간에 공부나 하라고 말하시잖아. 너희 부모님들도 공부하라고 귀찮은 심부름 같은 건 많이 안 시키잖아. 그런데 아버지는 공부하라는 말은커녕 얼마 남지 않은 시험을 위해 책상에 앉아 공부를 하고 있는 나를 끌고 사냥에 나갔어. 어떤 때는 보다 못한 어머니가 적극 개입하시기도 했지.

"여보, 오철이 공부하게 그냥 놔둬요."

이러면 보통 아버지들은 "그럼, 공부해야지"라고 포기를 하시잖아. 하지만 유별난 우리 아버지는 결코 시험 같은 것에 고개 숙이시는 분이 아니었어. 그저 "괜찮다" 한마디 하시고 나를 잡아 끄셨지. 그럼 나도 어머니 눈치를 보다가 슬쩍 따라나섰어. 사실 집에 앉아 있는 것보다 나가는 게 훨씬 재미있잖아. 아버지는 평생 나에게 공부하라는 소리를 한 번도 한 적이 없으셨어. 어머니가 아버지 몫만큼 하셨기 때문에 그럴 필요가 없었는지도 모르겠지만 말이야.

사냥뿐만 아니라 아버지는 안줏거리 마련을 위해 낚시를 가실 때도 늘 나를 달고 다니셨어. 아버지가 아들과 잘 놀아 줘서 부럽다고? 너희들, 설마 이게 아들의 교육과 재미를 위해서 함께 놀아 주는 걸로 보이는 거야? 우리 아버진 장남인 내가 특별히 예쁘다거나, 뭔가 다양한 경험을 시켜 주기 위한 교육적 목적을 가지고 그러셨던 건 절대 아닐 거야. 그냥 단순히 혼자 가기 싫고, 잔심부름을 시키기 위해 만만한 나를 끌고 다니신 거지.

이유야 어찌 됐든 아버지가 나를 데리고 다니신 덕분에 나는 다른 아이들이 하지 못한 경험들을 많이 하기는 했어. 아버지와 함께 밤낚시도 해 봤고 배 타고 하는 보트 낚시도 많이 해 봤지. 그러다 나중엔 직접 사냥까지 하게 된 거야. 그때는 재미로 했던 이런 일들이 나의 직업에 영향을 줄 거라고는 생각도 못했는데, 어른이 되어 보니까 정말 좋은 경험이었다는 생각이 들어. 앞에서도 말했듯이 남들과 다르고 싶다면 그만큼 다른 경험을 많이 해 봐야 하거든. 나는 유별난 아버지 덕분에 남다른 경험을 어쩔 수 없이 많이 하게 됐어. 그 특별한 경험들이 쌓이고 쌓여서 남들과 다른 지금의 내가 만들어진 거지.

뭐라도 해 본 게 있어야
좋아하는 게 뭔지 알 수 있는 거야

사실 내가 몰입했던 것은 사냥보다는 '총' 그 자체였어. 그전에도 고무줄 새총으로 박새를 잡거나 매미채로 제비를 잡아 보기도 했지만, 총으로 사냥을 하는 건 차원이 달라. 고무줄 새총이나 매미채로 잡는 게 아이들 놀이 수준이라면 총으로 하는 사냥은 그야말로 어른들의 영역이니까. 뭔가 내가 어른이 된 것 같은 기분이 들었어. 아마도 내가 사냥에 빠져 버린 것도 이런 이유였던 것 같아.

본격적으로 사냥에 빠져들면서부터 사냥터가 집 뒤에 있는 넓은 밭과 산자락 끝에서 점점 산속으로 옮겨 가기 시작했어. 처음에는 아버지가 잡던 참새 같은 작은 새를 잡았는데 좀 지나니까 시시해지더라고. 산에 가면 좀 더 다양하고 큰 새를 잡을 수 있다는 생각에 발길이 점점 산속을 향하게 되었지. 그리고 실은 동네에서 총을 쏘는 게 마음에 걸렸어. 아무리 부모님이 허락해 주셨다지만 동네 어른들 보기에 초등학생이 총을 쏘는 건 탐탁지 않은 일이잖아. 그래서 어른들 눈을 피해 자꾸 산으로 들어가게 되었지.

산속에 있다 보면 주위가 금방 깜깜해져. 특히 사냥은 주로 겨울에 하기 때문에 짧은 겨울 해가 산속에선 더 짧아지지. 그런데 깜깜한 산속을 혼자 헤매는데도 하나도 무섭지 않은 거야. 신기하게도 총을 들고 있으면 한밤중에 혼자 산에 있어도 하나도 무섭지 않더라고. 그래서 사냥에 빠져서 나도 모르게 산속에서 밤을 샌 적도 많았어.

내가 사냥에 빠져들면서 가장 신이 난 건 우리 아버지였어. 처음에는 동네 참새나 박새, 멧새, 방울새들이 술 안줏거리로 올라갔는데, 좀 지나니까 직박구리, 개똥지빠귀, 찌르레기, 어치, 밀화부리, 때까치, 멧비둘기 같은 조금 큰 새들이 상 위에 등장하기 시작했으니까. 나중에는 꿩이나 오리들 같은 궁극의 사냥감을 목표로 삼기도 했어. 이런 건 최고의 안줏거리기도 했지만, 박제로 만들면 정말 멋있거든. 그래서 내가 잡은 꿩이나 오리를 박제로 만들어 집에 장식해 두기도 했어. 가끔은 황조롱이나 새매, 솔개, 참매 같은 맹금류들을 잡은 적도 있어. 아주 크고 매서운 놈들이지. 당시는 밀렵에 대한 단속이 느슨하던 시절이었으니까 가능했지, 사실 요즘 같으면 어림도 없는 일이야. 역시 세상일은 모두 양면성이 있어. 밀렵에 대한 단속이 철저했던 시절이었으면 나는 사냥이라는 특별한 경험을 못 해 봤을 테니까. 아무튼 내가 하고 싶은 이야기는 사람은 뭐든 해 본 경험이 있어야 자신이 좋아하는 것이 뭔지 알게 된다는 사실이야.

관심사가 바뀌는 게
바로 성장이야

중학교 때 나는
벌레와 곤충 마니아였어

　내가 특별한 경험을 할 수 있었던 것은 유별난 아버지 때문이기도 했지만, 시골에서 자란 덕분이기도 해. 내가 살던 곳은 부산과 울산 사이에 있는 '일광'이라는 작은 시골 마을인데, 농촌과 어촌이 공존하는 좀 특별한 곳이야. 그런 곳에 우리나라에서 유일하게 유리를 만드는 큰 공장이 들어섰어. 아버지는 그 유리 공장에서 꽤 높은 위치에 있는 엔지니어였어. 그래서 우리 가족

은 회사 사택에서 살았지. 이런 이유로 나는 시골에서 자라면서
도 다른 아이들처럼 농사일을 거들거나 고깃배를 타 본 적은 없
어. 또 한번 좋은 경험을 할 기회였는데, 아쉽게도 놓쳐 버린 거
지. 그래도 주위 환경에 있는 것들을 100% 완벽하게 경험하기
란 쉽지 않으니, 나는 사냥에 대한 경험을 아주 소중하게 생각
해. 좀 더 특별하기도 하고.

시골로 처음 이사 왔을 땐 불편한 점들이 좀 있었어. 아무래
도 시골은 생활 편리 시설이 갖춰진 도시보단 불편한 점이 많으
니까. 두 살 어린 여동생은 한동안 벌레나 곤충들 때문에 기겁
을 했어. 시골은 그냥 벌레나 곤충들 세상이라고 보면 돼. 시도
때도 없이 아무 곳에서나 벌레들이 툭툭 튀어나오거든. 벌레뿐
만이 아니야.

어느 날에는 어머니가 아궁이에 불을 때려고 하는데 위에서
뱀이 머리 위로 떨어진 적도 있어. 그 뱀은 독이 강하기로 유명
한 살모사였어. 큰일 날 뻔했지. 그 뒤로도 부엌에 뱀이 들어온
적이 몇 번 있었는데 그때는 다행히 독이 없는 뱀이었어. 도시
에서 자란 아이들이라면 벌레만 봐도 끔찍해할 텐데 집에서 뱀
을 만난다면 어떨 것 같아? 하지만 무서운 뱀 같은 것만 있는 것
은 아니야. 두더지를 쫓는 것은 정말 재미있지. 두더지가 땅속에

서 흙을 밀치면서 다니면 그 위의 흙이 '옴쑥옴쑥' 올라오니까 어디쯤 있는지 보이거든. 두더지 굴의 뒤만 막으면 쉽게 잡을 수 있어. 하지만 말이 쉽지 두더지는 귀가 엄청 밝아서 다가오는 발소리만 들려도 후다닥 내빼는데, 오락실 두더지 잡기는 비교도 안 될 만큼 재미있었어.

그럼 나는 어땠냐고? 나야 완전 신났지. 시골은 태곳적부터 인간의 유전자에 들어 있던 수렵과 채집의 본능을 유감없이 발휘할 수 있는 천국 같은 곳이었어. 매일 학교까지 왕복 십 리 길, 그러니까 4km 정도를 걸어 다녀야 했지만 그런 건 조금도 문제가 안 되었어. 아침 등굣길에는 지각하면 안 되니까 한눈팔지 않고 곧장 학교로 갔지만 하굣길에는 그럴 필요가 없잖아. 산길로, 논두렁길로 마음 내키는 대로 둘레둘레 다니면서 온갖 물고기와 벌레, 곤충들을 잡는 데 열을 올렸어.

농사철엔 논에 물이 가득 고여 있는데, 그곳에는 개구리는 물론이고 붕어나 미꾸라지, 가시고기 같은 게 많이 살고 있었어. 논두렁을 지날 때마다 늘 여기저기서 퐁퐁 물 튀기는 소리가 들리는 거야. 유심히 들여다보면 작은 물고기나 곤충들, 벌레들이 사각거리며 움직이는 게 막 보여. 가끔은 손바닥만 한 붕어를 볼 때도 있는데, 그걸 보면 그냥 지나칠 수가 없는 거야. 사실 농

진짜 너의 꿈을 꿔라

사철의 논에는 거머리가 많아서 맨발로 들어가면 안 되는데 붕어를 잡을 욕심에 바지를 걷어붙이고 들어가 버렸지. 논두렁 사이의 물골은 좁은 수로 같아서 양 끝을 막으면 그 안의 붕어는 완전 독 안에 든 쥐나 다름없지. 바지를 걷어붙이지 않고 손만 넣어도 잡을 수 있어.

한번은 폭우가 쏟아져서 길 위까지 물이 넘친 적이 있었는데, 글쎄 논두렁길에 엄청 많은 미꾸라지가 마구 기어 다니는 거야. 이걸 그냥 두고 볼 수 없잖아. 바닥에 기어 다니는 미꾸라지가 너무 많아서 발로 끌어 모은 다음에 손으로 쓸어 담아야 했어. 한 5분 만에 양동이가 가득 차더라고. 길 옆 작은 개울에서는 친구들이 멱도 감고 낚시로 은어를 잡기도 했지. 은어는 지렁이 같은 미끼도 필요 없이 벌레처럼 생긴 낚싯바늘만 있어도 쉽게 잡을 수 있었어. 멱을 감다가 얕은 쪽으로 몰아서 손으로 잡기도 했지. 잡은 것들은 집에서 튀김으로 요리를 해서 먹었어. 시골에서만 맛볼 수 있는 별미였지.

그런데 내 주된 관심은 물고기가 아니라 벌레에게 쏠려 있었어. 벌레들한테는 불행한 일이었지. 나도 여느 시골 아이들처럼 개구리나 메뚜기, 잠자리, 매미를 열심히 쫓아다녔어. 온종일 논과 밭 사이를 누비며 개구리와 메뚜기를 잡아서 불에 구워 먹기도 했지. 도시에서만 자란 아이들은 이런 걸 먹어 본 기회가 별로 없을 거야. 아마 보기만 해도 기겁해서 도망가기 바쁘겠지만 그래도 기회가 되면 한번 먹어 봐. 바삭바삭한 게 먹어 볼 만해. 공장에서 만든 과자와는 많이 다른 맛이야.

여느 시골과 마찬가지로 우리 동네에도 잠자리나 매미가 정말 많았어. 여름에는 어딜 가나 매미 우는 소리가 하루 종일 들렸고, 늦여름부터는 수많은 잠자리 떼가 마을 하늘을 점령해버렸지. 나는 여름이 시작되면 대나무에 양파망을 감아서 매미채를 만들어 매미 잡이에 나섰어. 매미채를 휘두를 때마다 말매미, 쓰름매미, 애매미, 털매미, 늦털매미 등 온갖 종류의 매미들이 양파망에 잡혔어. 간혹 우리 마을에서 가장 높은 버드나무 꼭대기에 앉아 있어서 내가 가진 매미채로는 도저히 잡을 수 없는 놈들이 있거든. 그러면 집으로 달려가서 아버지 낚싯대로 매미채를 업그레이드해서 다시 나섰지. 장대 길이로는 우리 동네에서 내 매미채가 일등이었을 거야. 이 매미채만 있으면 아무리 높은 곳에 앉은 매미라도 나를 피해 갈 수가 없었거든.

진정한 수집가가 되려면 채집과 수집뿐만 아니라 보관을 잘해야 돼. 아무리 특별하고 예쁜 걸 많이 잡아도 보관을 잘 못하면 금방 쓸모없는 게 돼 버리거든. 특히 벌레나 곤충 같은 건 각별히 보관에 신경 써야 해. 그래서 나는 잡아 온 매미와 희귀한 벌레들 중에서 아주 예쁘고 상태가 좋은 놈들만 골라서 남기고 나머지는 도로 살려 줬어. 내 손에 들어온 놈들은 잘 생긴 죄로 알코올 속에서 생을 마감해야 했지. 그러니 주변에 너보다 잘 생기고 예쁜 애들을 너무 부러워하지 마.

곤충 표본을 만들려면 우선 핀셋으로 매미가 손상되지 않도록 잘 잡아서 알코올에 푹 담가. 그리고 잘 말린 후 핀으로 꽂으면 되지. 요즘은 곤충 표본을 하려면 방학 때 체험장 같은 곳에 가서 하지? 그때는 마을 전체가 체험장이었던 셈이야.

나는 포장용 스티로폼을 구해서 여기에 온갖 종류의 벌레 표본들을 핀으로 꽂아 두었어. 그러다 양이 점점 많아져서 벽면 하나를 가득 채울 정도가 되었지. 한반도 남부 지역에서 볼 수 있는 곤충 중에 좀 봐줄 만한 녀석들은 모두 나의 수집품이 되었어. 스티로폼에 정렬되어 붙어 있는 표본들은 아주 장관이었지. 그런데 어머니와 여동생은 별로였나 봐. 여동생은 볼 때마다 징그럽다고 투덜거리고, 어머니는 틈만 나면 버리는 게 어떻겠냐고 물어보셨어. 그럴 때마다 나는 내 보물들을 지키기 위해 결사 항전을 해야 했어.

곤충들이 궁금해 백과사전을 뒤졌지,
그땐 네이버가 없었으니까

　한여름 매미 철이 지나고 가을이 시작되면 나는 매미채를 가지고 잠자리 사냥에 나섰어. 매미채를 휘두르는 데 익숙해지면 날아다니는 잠자리도 쉽게 잡을 수 있게 되거든. 잠자리는 비행하는 패턴이 일정해서 어디로 날아갈지 예상할 수 있기 때문에 거의 백발백중이었지. 오히려 나풀나풀 날아다니는 나비들이 잡기가 힘들어. 나비는 움직임은 느리지만 방향이 불규칙적이거든. 생태학자들 말에 의하면 천적을 피하기 위해 진화된 나비 특유의 비행법이라고 하더군. 수확을 코앞에 둔 누런 벼들을 향해 매미채를 휙휙 휘두르면 왕잠자리, 장수잠자리, 부채장수잠자리 같은 크고 예쁜 잠자리들이 내 손에 들어왔어.

　그런데 내가 매미나 잠자리를 많이 잡은 건 알겠는데, 그것들의 이름까지 많이 아는 게 좀 신기하지 않아? 사실 나는 매미나 잠자리뿐만 아니라 온갖 벌레와 곤충, 새의 이름도 거의 꿰고 있는 편이야. 아마 전문가들 빼고 일반인들 중에서 나만큼 많이 알고 있는 사람도 별로 없을 거야. 자랑은 그만하고 비결이나 털어놓으라고? 실은 집에 있는 계몽사에서 나온 10권짜리 어린

이 백과사전 덕분이지.

벌레나 곤충 같은 걸 잡았는데 그게 뭔지 너무 궁금한 거야. 내가 뭘 잡았는지 이름 정도는 알아야 할 거 아냐? 그리고 진정한 수집가라면 자신의 수집품에 대한 정보를 모두 알고 있어야 하는 게 기본이거든. 뭔지도 모르면서 모아만 두었다고 수집가가 되는 게 아니잖아. 그런데 수집품들의 이름과 정보를 아는 게 만만한 일은 아니었어. 요즘처럼 인터넷이 있었다면 쉽게 해결할 수 있었겠지만 1980년대엔 그런 게 없었거든.

사실 그때 우리 집엔 컴퓨터가 있었어. 아버지 직업이 엔지니어다 보니 새로 나온 기계나 장비들에 관심이 많으셨어. 그래서 개인용 소형 컴퓨터가 세상에 막 나오자마자 덜컥 사 오신 거야. 그때는 회사나 학교 같은 단체가 아니라 개인이 컴퓨터를 사는 것이 요즘같이 흔한 일은 아니었어. 앞에서 얘기했듯이 당시 컴퓨터 가격이 만만치 않았거든. 우리 집은 부자도 아닌데 아버지는 그 비싼 컴퓨터를 사 와서 나한테 주시는 거야. 너무나도 통이 큰 아버지 덕분에 나는 컴퓨터를 일찍부터 접할 수 있게 된 거지. 하지만 컴퓨터가 있어도 요즘처럼 인터넷이 되는 것도 아니고, 간단한 베이직 프로그램이나 짜서 돌리는 정도였기에 검색해서 뭔가를 찾아본다는 건 아예 불가능했지. 할 수 없이 아쉬운 대로 집에 있는 백과사전을 뒤질 수밖에 없었어.

매미를 잡으면 매미에 관한 내용을 찾아서 열심히 읽어 봤어. 색깔이나 생김새에 따라 매미 이름이 다 다르거든. 처음엔 다 같은 매미인 줄 알았는데 책을 읽고 나서 자세히 관찰해 보니 정말 각각의 특색이 보이는 게 너무 신기했어. 그래서 내가 모르는 것들을 잡을 때마다 집에 가서 백과사전부터 펼쳤어. 하도 열심히 읽어서 나중엔 책이 너덜너덜해져 버렸어. 아마 두꺼운 백과사전 10권을 처음부터 끝까지 수백 번은 읽은 것 같아. 심심하면 백과사전을 펼쳐서 읽었거든. 내가 공부를 잘하게 된 것도 이때 백과사전을 많이 읽었기 때문이 아닌가 싶어.

보통 곤충 채집은 매미나 잠자리, 나비처럼 잡기 쉬운 것들부터 시작해. 하지만 곧 시들해지지. 왜냐면 표본을 아무리 잘 만들어도 쉽게 부서지고 색도 금방 바래서 오래 가기 힘들거든. 그래서 보통 딱정벌레나 풍뎅이처럼 덩치도 크고 희귀한 것들로 관심이 옮겨 가. 산에 가면 알락하늘소, 참나무하늘소, 버드나무하늘소, 톱하늘소, 비단벌레, 청동풍뎅이, 길앞잡이, 먼지벌레, 쇠똥구리 같은 크고 볼 만한 곤충들이 많이 있었어. 이런 곤충들은 곧 모두 내 수집품이 되고 말았지.

우리 동네에는 특히 넓적사슴벌레가 많았는데 주변에 있는 곤충 중에서 가장 크고 싸움도 잘하는 놈이야. 백과사전을 보면 장수풍뎅이가 가장 싸움을 잘한다고 하는데, 아쉽게도 우리 동네에는 살지 않아서 잡을 수가 없었어. 사슴벌레는 주로 썩은 나무 틈이나 수액이 풍부한 버드나무 밑동에서 살거든. 나는 제일 큰 사슴벌레를 잡기 위해 산을 샅샅이 뒤지고 다녔어. 왜냐면 다음 날 학교에 가서 친구들이 잡은 것들과 싸움을 시켜야하거든. 그래서 내 바지 주머니와 가방에는 늘 사슴벌레 서너 마리가 들어 있었어.

사슴벌레를 직접 본 적 있어? 윤기가 반지르르하게 도는 갑옷 같은 검은 껍데기와 단단하고 커다란 집게를 보면 비록 곤충이지만 멋있다는 생각이 들 정도야. 사슴벌레들끼리 그 큰 집게로 서로 싸우는 걸 보면 정말 박진감이 넘쳐. 그래서 다른 곤충들은 잡아도 다시 놓아주지만 사슴벌레는 나무로 된 책상 서랍에 넣고 키웠어. 십여 마리를 서랍에 넣어 두면 이놈들이 서걱서걱 거리면서 나무를 막 갉아대. 그 안에서 저희들끼리 싸움이 벌어지면 가끔씩 투덕거리는 소리가 들릴 때도 있어. 그러면 서랍을 조금 열고 한참 동안 사슴벌레들의 싸움을 구경하기도 했어.

그런데 참 이상하지? 총을 잡기 시작하면서 곤충에 대한 흥미가 한풀 꺾이더라고. 온갖 벌레와 곤충들 이름을 다 꿰고 있고, 나무만 슥 봐도 어떤 매미가 몇 마리 붙어 있는지 알 수 있을 정도로 열성적인 곤충 채집 마니아였는데 말이야. 어쩌면 총으로 잡는 사냥 거리와 곤충의 크기 차이 때문인지도 모르겠어. 원래 아이들은 더 큰 것을 좋아하잖아.

그런데 말이야, 이렇게 흥미가 바뀌는 일이 이상하거나 잘못된 일일까? 나는 그렇지 않다고 생각해. 사람이 자라면서 관심사가 자꾸 바뀌는 건 오히려 너무 당연하고 자연스러운 일이지. 그만큼 자랄 때는 새로운 것, 못 보던 것들이 튀어나올 때마다

곤충은 내가 몰입했던 첫 번째 대상이었는데, 그중에서도 넓적사슴벌레는 내가 가장 아끼고 좋아한 곤충이었어. 나는 곤충을 잡는 것에 그치지 않고 백과사전으로 그 곤충에 대해 공부도 하고, 멋지게 표본으로 만들어 놓기도 했지. ©m-louis

그게 궁금하고 신기해지는 게 정상이야. 아마 너희들도 그럴 거야. 어제는 이게 좋았는데, 오늘은 새로운 것에 더 관심이 가지? 또 좋아하는 게 너무 많아서 딱 한 가지만 정하라고 하면 뭘 선택해야 할지 망설여지지?

나는 이런 게 바로 '성장'이라고 생각해. 자란 눈높이만큼 새로운 것들이 보인다는 의미니까. 아이 때 좋아한 걸 어른이 되어서도 계속 그것만 좋아한다면 좀 이상하지 않을까? 어른이 되어서 어린 시절에 좋아했던 것으로 다시 돌아가는 경우도 있어. 나 같은 경우지. 하지만 그 사이에 관심의 대상은 수없이 바뀔 수밖에 없어. 어떻게 한 번 좋아했다고 끝까지 그것만 좋아할 수 있겠어? 세상에는 얼마나 다양하고 재미있는 게 많은데. 그러니 좋아하는 게 계속 변한다고 해서 걱정할 필요는 없어. 변덕스럽거나 인내심이 부족해서 그런 게 아니라 그렇게 관심사가 바뀌는 게 바로 성장이니까.

어느 날부터 내 관심사가
곤충에서 새로 옮겨 갔어

나 역시 성장의 여파로 인해 관심사가 곤충에서 사냥 거리로 확 옮겨가 버렸어. 그 대상은 주로 '새'였어. 그런데 처음에는 사냥보다는 사격에 빠진 게 아닐까 싶어. 하루에도 수십 발을 연습으로만 표적지에 쏘아 댔거든. 어떤 날은 250개들이 총알 한 통을 다 쏜 적도 있어. 총을 끼고 살다 보니 총이 몸의 일부처럼 반응을 해. 굳이 조준경으로 들여다보지 않아도 눈으로 보는 곳을 총구가 정확하게 가리키게 되었지. 눈으로 본 순간 그곳에 총알을 꽂아 넣을 수 있게 된 거야. 바람에 불탄 재들이 하늘 높이 날리는 것을 보고 총으로 쏴서 구멍을 내면서 놀기도 했어. 그래서 산탄도 아닌 외알박이 총알로도 나는 새들을 맞혀서 떨어뜨릴 수 있게 되었어. 유효 사거리 한참 밖의 목표물을 쏘는 것도 재미있었지. 외알박이 총알은 멀리 날아가게 되니까 총알이 그만큼 아래로 처지거든. 그것을 고려해서 높게 조준해서 쏴야 해. 너무 멀리 쏘면 총의 정밀도도 떨어지고 바람의 영향도 받게 되지.

앞에서도 말했듯이 애초 나의 사냥 목적은 아버지의 술 안줏거리가 될 고깃감을 잡는 거였는데, 점점 명중률이 높아지면서 사냥감의 종류도 다양해졌어. 참새는 물론이고, 그보다 몸집이 큰 어치, 직박구리, 멧비둘기 그리고 청솔모까지 눈에 보이는 족족 잡아 버렸어. 쏘는 대로 맞히니 사냥하는 재미가 있었지. 아버지 술 안주가 모자라는 날이 없게 되었지.

그런데 사격 솜씨가 점점 늘어 가면서 슬슬 새로운 사냥감에 대한 욕심이 생기는 거야. 고깃감을 위한 사냥의 궁극의 목표인 꿩과 오리로 눈을 돌리게 된 거지. 너희들 꿩이나 오리 고기 먹어 봤지? 고기도 많이 나오는 데다 맛도 정말 좋잖아. 오리 한 마리 잡아 가면 아버지뿐만 아니라 온 가족이 다 먹을 수 있어서 더욱 욕심이 생기더라고. 하지만 꿩과 오리는 멧비둘기처럼 쉽게 잡히는 새가 아니야. 덩치도 크고 영리해서 총만 잘 쏜다고 쉽게 잡을 수 있는 녀석들이 아니야. 사정거리 안으로 접근하는 것을 쉽게 허용하지 않거든. 이제 총이 아니라 새를 알아야 하는 단계가 온 거지.

오리란 녀석들의 습성이 얼마나 재미있는지 아니? 오리는 말이야, 해가 뜨자마자 바다로 날아갔다가 해질 무렵, 정확하게 노을이 질 때가 되면 강이나 논으로 이동해. 시계처럼 정확한 시간에 맞춰 움직여. 그래서 낮에 오리를 잡으려면 근처 바닷가로

나가야 해. 바다에 가 보면 오리들이 둥둥 떠 있는데, 일광에는 청둥오리, 고방오리, 쇠오리, 흰뺨검둥오리, 홍머리오리, 흰죽지오리가 많이 날아왔어. 대개 먼 바다에 있지만 한적한 바닷가 바위 위에서 갈매기들과 섞여 쉬고 있기도 하지.

오리를 잡으려면 절대로 내가 사냥꾼이라는 티를 내면 안 돼. 새들은 시력도 엄청 좋은 데다 본능적인 감각까지 탁월해서 조금만 낌새가 이상해도 그냥 도망가 버리거든. 오리를 향해 대놓고 총을 겨누는 짓은 '어서 빨리 도망가라'는 것과 같아. 이놈들이 참 똑똑한 게 해녀들처럼 자신들에게 해를 입히지 않는 사람은 어떻게 알고 바로 옆에 가도 도망가지를 않아. 그래서 낮에 오리를 잡으려면 총을 숨기고 해산물을 캐는 아주머니들 사이에 섞여 있어야 해. 그러다 오리걸음으로 천천히 다가가야 하는데, 이때도 절대 오리가 있는 쪽을 보면 안 돼. 만약 오리와 눈이 마주치면 자기를 잡으러 왔다는 걸 직감하고 그 길로 도망가 버리니까. 고개를 푹 숙이고 자세도 낮추고 슬그머니 접근해야 하는데, 이 녀석들 방향으로 곧장 다가가서도 안 되지. 접근을 해서는 녀석들이 방심한 틈에 총을 슬그머니, 그렇지만 재빨리 조준해서 쏘는 거야.

그런데 이렇게 조심해도 낮에는 잡기가 쉽지 않아. 차라리 밤에 성공할 확률이 높지. 밤새도록 사냥을 하러 다닌 것도 이 때문이었어. 그렇다고 또 밤에 잡는 게 만만하다는 건 아니야. 밤 사냥엔 오랜 기다림과 인내가 필요하거든. 우선 오리가 바다에서 어디로 날아오는지를 알아 둬야 해. 해 질 녘, 언덕 위에 올라 오리들이 어디로 날아가는지 잘 봐 두고 밤에 돌아다니며 어디에서 먹이 활동을 하는지 확인을 하지. 오리는 밤눈도 밝은 데다 귀도 밝아서 밤에 돌아다녀도 장소만 확인할 수 있지, 잡는다는 건 거의 불가능하거든. 확인을 하면 어두워지기 전에 미리 그곳에 가서 잠복을 하고 기다리는 거야. 숨을 곳이 있는 연못가는 좀 낫지만 허허벌판 논만 펼쳐진 평지에서는 숨을 곳도 없어. 벼 베기가 끝난 겨울의 황량한 논두렁에 볏짚을 덮고 누워 있으면 얼마나 춥던지……. 하지만 아무리 춥고 배가 고파도 절대로 움직여선 안 돼. 오리가 그곳으로 날아오다가 이상한 물체가 숨어 있는 걸 눈치 채면 다른 곳으로 가 버리거든. 사실 사냥이 힘든 게 이런 점이야. 총만 있다고 무조건 잡을 수 있는 게 아니거든. 사냥감이 포착될 때까지 참고 기다릴 수 있어야 사냥에 성공할 수 있어.

오리들이 뭔가 이상하면 빙빙 돌고 내려오질 않거든. 그러다 다행히 내가 기다리고 있는 곳으로 내려오면 절반은 성공한 거야. 어떤 때는 그냥 다른 곳으로 가 버리는 날도 있어. 그러면 그날은 완전 허탕 치는 거지. 오리들이 왔다고 바로 움직이면 안돼. 녀석들이 안전하다고 생각하고 경계를 늦출 때까지 기다려야 해. 오리들이 느긋하게 먹이 활동에 정신을 팔고 있으면 그제야 사냥을 시작하는 거지. 누운 상태 그대로 총구만 슬금슬금 돌려서 빨리 쏴야 돼. 밤이라 깜깜해서 정확하게 조준하기가 쉽지 않아서 잘못 쏘는 경우도 많아. 총소리에 깜짝 놀라서 푸드덕 날아가는 오리 떼를 쳐다보면서 허탈해하기도 했지. 추운 논바닥에 꼼짝 않고 누워서 잡을 때만 기다렸는데 한순간의 실수로 놓쳐 버렸으니 얼마나 억울했겠어. 그렇게 몇 번 실패하고 나면 오기가 막 생기는 거야. 모든 게 준비되었는데도 마무리가 안 되면 결국 실패하고 말거든. 사냥뿐만 아니라 세상사 모든 일이 그런 것 같아.

그런데 먹을거리가 아닌 '새' 자체에 흥미를 갖게 되면서 예쁘고 희귀한 새들로 내 관심이 또 옮겨 갔어. 우리나라에서 볼 수 있는 새가 400 종류가 넘는다는데, 우리는 그중에서 얼마나 많은 새들을 봤을까? 어떤 새인지 알지 못하면 봐도 본 것이 아닌 거지. 하늘의 별을 봐도 알고 보지 않으면 그저 밝은 점에 지나지 않듯이 말이야. 사냥을 위해 돌아다니다 보면 정말 예쁘고

진짜 너의 꿈을 꿔라

내 관심사가 새와 사냥으로 바뀌면서 홍여새라는 아름다운 새를 알게 되었어. 관심은 늘 새로운 무언
가를 발견하게 해. 그 발견이 나를 한 단계 성장하게 만들지. ⓒKangho Choi

희귀한 새들을 많이 보게 돼. 분명 그런 새들이 그전에도 날아

다녔을 텐데 관심을 가지고 보니까 내가 못 보던 것, 모르던 것

들이 자꾸 눈에 들어오더라고.

그중에서 제일 예쁘다고 생각하는 새가 '홍여새'야. 머리 깃

과 꼬리 끝 부분이 붉은 것이 특징인데 깃털 빛깔이 정말 고와.

홍여새와 친척쯤 되는 '황여새'라는 새도 있는데, 홍여새와 똑같

이 생겨서 홍여새의 붉은 부분의 색만 노란색으로 다르지. 처음

발견했을 땐 그 새 이름도 몰랐어. 조류 도감을 찾아보고 나서야 그 새가 '홍여새'고 보기 힘든 겨울 철새라는 걸 알게 되었지.

조류 도감 얘기가 나와서 말인데, 내 성격이 한번 꽂히면 끝장을 봐야 하는 데다 궁금한 건 못 참거든. 새를 잡기 시작하면서 내가 모르는 새들이 너무 많은 거야. 아무리 안줏거리를 위해 잡은 새라지만 이름도 모른 채 먹을 순 없잖아. 그래서 학교 근처 해운대 시립 도서관에 가서 새에 관한 책을 찾아봤지. 거기서 원병오 교수님이 쓰신 《새》라는 조류 도감을 발견했는데, 두께가 전화번호부 두 배는 되는 데다 어려운 말이 많아서 처음엔 읽기 힘들었어. 아마 새에 대한 궁금증이 없었더라면 그 두께에 질려서 애초부터 포기해 버렸을 거야. 하지만 궁금한 건 못 참는 성격 때문에 학교 끝나고 기차 시간을 기다리는 동안 도서관에 앉아서 열심히 조류 도감을 뒤적였어.

그때 나는 부산 해운대에 있는 중학교에 다니고 있어서 매일 기차로 등하교를 해야 했는데, 기차가 몇 대 없었어. 그래서 기차 시간이 될 때까지 기다려야 하는데, 그 시간을 만만한 시립 도서관에 가서 책도 보고 공부도 하며 시간을 보냈거든. 어쩌면 그 덕분에 공부도 많이 하고 책도 많이 읽게 되었는지 몰라. 만약 그때 친구들이랑 오락실에서 시간을 보냈다면 게임 실력이

늘었겠지만, 도서관을 택한 덕분에 게임 실력 대신 성적이 올라가게 된 거지.

특히 조류 도감은 정말 많이 읽었는데, 하도 많이 봐서 내 손때가 새까맣게 탈 정도였어. 그렇게 많이 읽고 나니 400 종류가 넘는 우리나라 새들의 이름을 모두 알게 되더군. 나중엔 멀리서 날아오는 모양만 보고도 어떤 새인지 바로 알 정도로 새 박사가 되었어. 한 번은 우리나라에서 섬이 아닌 지역에서는 내가 처음으로 잡은 새가 있었어. 아마 태풍에 떠밀려 날아왔을 텐데, 평생 새 박제를 만들어 온 분도 모르는 새였지만 나는 보는 순간 이름을 맞힐 수 있었어. 섬에서는 한 번 잡힌 적이 있다고 조류 도감에 나온 녹색비둘기였지.

이렇게 새에 대한 지식을 많이 알게 되니 새를 사냥하는 게 더 재미있어졌어. 이래서 더욱 깊은 재미를 느끼기 위해선 지식이 동반되어야 한다고 하나 봐. 아마 너희들도 이런 경험이 있을 거야. 처음엔 호기심과 재미로 시작했는데 곧 얼마 못 가서 시들해지잖아. 사실 재미 그 자체만으론 처음엔 느꼈던 흥미를 유지하기 힘들어. 그런데 그것에 관한 지식이 있으면 재미 이상의 것을 느낄 수 있어. 지식이 많아질수록 처음엔 몰랐던 것을 발견하게 되어 더 많이 보이고, 더 깊은 재미를 느끼게 되는 거지. 하나의 취미를 오랫동안 지속하는 사람들을 보면 그것에 관해선 거의 전문가 수준의 지식을 가지고 있거든. 그렇게 많이 알고 있으니 재미있는 거리가 더 많이 생기는 거지. 특히 사냥은 새에 대한 지식을 많이 알면 알수록 더 많은 재미를 느낄 수 있어. 새를 잡으려면 새의 습성과 특징을 잘 알아야 하거든.

이렇게 새에 대한 지식이 많아지면서 나도 모르게 사냥의 목적이 점점 바뀌어 갔어. 처음엔 아버지의 술 안줏거리를 마련하는 게 목적이었는데 어느 순간부터 예쁘고 희귀한 새를 쫓는 데 몰두하게 되더라고. 홍여새, 꾀꼬리, 어치, 멋쟁이새, 후투티, 호반새, 파랑새, 밀화부리 같은 새들이 눈에 보이면 잡아서 박제로 만들었어. 그런데 더 큰 것을 좋아하는 인간의 본능 때문인지 자꾸만 더 큰 새, 맹금류 같은 것에 눈길이 가는 거야. 황조롱이, 말똥가리, 새매, 솔개, 참매 같은 맹금류들이 커다란 날개를 펼치고 푸른 하늘을 활공하는 모습을 보고 있으면 가슴이 두근거릴 정도로 멋있거든. 그래서 결심했지. 저 놈을 꼭 잡고 말겠다고.

진짜 너의 꿈을 꿔라

너희가 말똥가리를 알까?
대단한 녀석이었지

내가 목표로 삼은 건 우리 동네에 터를 잡고 있는 커다란 말똥가리였어. 그런데 이 녀석이 덩치도 큰 데다 영리하기까지 해서 사정거리까지 다가가기도 힘든 거야. 사람들이 머리 나쁜 애들 보고 새대가리라고 놀리지? 만약 말똥가리나 독수리 같은 맹금류들이 이 말을 들었으면 '헐!'이라고 했을 거야. 얘들이 얼마나 영리하고 눈치가 빠른데. 게다가 날개가 워낙 크고 힘이 좋아서 몇 번 펄럭이기만 해도 순식간에 1km를 날아가 버려. 눈은 얼마나 좋은지 아무리 먼 거리에서도 자신을 노리는 적을 금방 발견해 내지. 어떤 날은 그 녀석이 나무 꼭대기에 앉아 있었어. 내가 그 녀석을 발견한 것이 500m 이상 떨어진 곳이었으니 거의 점으로 보이는 거리야. 그런데 순간 서로 눈이 마주쳤어. 그게 가능하냐고? 말로 설명하기가 힘든데 둘은 서로 느낄 수 있었어. 내가 들켰다는 걸 깨닫는 것처럼 그 녀석도 내가 자신을 노리고 있다는 걸 직감하는 거지. 그러면 녀석은 날개를 펴고 유유히 다른 곳으로 날아가 버려. 마치 '에잇, 귀찮은 녀석! 또 나타났네'라고 말하듯이 말이야.

사냥에 미친 듯이 몰입하다 보니 멀리서도 말똥가리와 서로 눈이 마주칠 정도로 야생의 눈을 갖게 되었어. 사냥뿐 아니라 무슨 일이든 경지에 오르려면 눈이 열리는 '개안'의 단계를 거쳐야 해.
©Martin Mecnarowski

500m 앞에 앉아 있는 새와 눈이 마주쳤다고 하니까 거짓말 처럼 들리지? 그런데 진짜야. 이게 어떻게 가능하냐면 바로 천 적의 눈으로 보기 때문이지. 동물들은 각자 보호색으로 위장을 하고 사는데, 천적들은 그 보호색을 꿰뚫어 볼 수 있어. 그래서 하늘 위에 떠 있는 물수리가 호수의 모래 바닥에 붙어 있는 가 자미를 사냥할 수 있는 거야. 그런 것처럼 내가 말똥가리를 천 적의 눈으로 보기 때문에 말똥가리도 위기 의식을 느끼고 도망 가 버리는 거지.

진짜 너의 꿈을 꿔라

이것을 바로 '개안開眼'이라고 해. 글자 그대로 해석하면 '눈이 열린다'는 뜻이지만, 내 경험을 바탕으로 말하자면 좀 더 구체적인 의미가 있어. 즉, 야생의 눈으로 사물을 볼 수 있는 경지에 도달했다는 뜻이지. 곤충이나 새에 미친 사람들 중에는 '개안'의 경지에 도달한 사람들이 많아. 미친 듯이 쫓다 보니까 자신도 모르는 사이에 야생의 눈이 열리게 된 거지. 눈뿐만 아니라 모든 감각이 열리게 된 건지도 몰라. 또 그런 감각을 가지게 되니까 더 많은 것들이 보여서 더 열심히 쫓아다니게 되고.

어떤 경지에 올라서 성과를 내려면 미쳐야 하는 단계를 거쳐야 해. 미친 듯이 몰입하고 열중하는 과정을 지나지 않으면 평범한 수준에서 벗어나기 힘들어. 사실 평범한 수준 가지고는 아무것도 이루어 낼 수 없어. 너희들은 그렇게 무언가에 미쳐서 몰입해 본 적이 있어? 혹시 '몰입'이라고 하니까 너무 어렵게 느껴지니? 사람들은 '몰입'이란 상태를 특별한 사람만이 가지는 특별한 경험처럼 생각하는 것 같은데 몰입은 그렇게 특별하고 어려운 상태가 아니야.

음, 무엇을 예로 들면 쉽게 이해할 수 있을까? 그래, 너희들 어렸을 때 친구와 정말 재미있게 노느라 시간 가는 줄도 몰랐던 경험이 있지? 주위가 깜깜해진 것도 모른 채 엄마가 걱정하는 것도 까먹을 정도로 말이야. 이런 게 바로 '몰입'의 상태라는 거야. 그러니까 내 말은 누구나 몰입할 수 있다는 거지. 마음과 생각을 온통 집중시키게 만드는 것을 만나면 누구나 가능해.

내게 야생의 눈을 뜨게 한 몰입의 대상은 매미나 사슴벌레 같은 벌레와 곤충들이었어. 자전거를 타고 지나가면서도 길가에 서 있는 가로수마다 매미가 몇 마리가 붙어 있는지 셀 수 있을 정도였어. 어쩌면 그때 야생을 보는 눈이 떠 버렸기 때문에 하늘의 별을 보는 일에도 쉽게 몰입할 수 있었던 것 같아. 야생의 눈을 가지게 된 덕분에 편리한 점도 많고 재미있는 일도 많았어. 그게 약간은 초능력과 비슷하기 때문이야.

지금도 생생히 기억나는 사건이 있는데, 초등학교 6학년 때부터 짝사랑하던 여자아이가 있었거든. 나의 이 날카로운 야생의 눈으로 언제 어느 곳에서든 그 아이를 찾아냈지. 만원 버스 안에서도 손잡이를 잡고 있는 손목만 봐도 바로 그 여자애라는 걸 알 수 있었어. 한번은 천 명이 넘는 사람들 속에서 사람들의 뒤통수만 보고도 1분 만에 찾아낸 적도 있어. 그때는 해가 저물어 깜깜한 밤이었는데도 말이야. 사랑의 힘이 아무리 강하다고 해도 정말 신기하지 않니? 정말 인간의 능력은 생각보다 대단한 것 같아. 인간은 자신이 가진 능력 중에서 10%만 사용하고 나머지

90%는 안 쓰고 있다는 말이 사실인가 봐. 나머지 90% 능력 중에서 1%만 더 계발해도 엄청난 일이 일어나지 않겠어?

그래서 말똥가리는 잡았냐고? 물론 잡았지. 일주일 동안 쫓아다니다 아버지와 합동 작전을 펼쳐서 겨우 잡을 수 있었어. 잡은 말똥가리를 박제해 주는 곳에 가지고 가서 박제로 만들었지. 그때 우리 집엔 내가 사냥해서 잡은 새로 만든 박제가 가득했어. 오리, 꿩은 기본이고, 녹색비둘기 같은 희귀새와 말똥가리, 솔개, 부엉이, 황조롱이 같은 맹금류까지 온갖 종류의 박제가 모여 있는 새 박물관 같았어. 친구들뿐만 아니라 어른들도 새 박제를 구경하러 우리 집에 놀러 왔을 정도니까. 물론 우리 어머니는 질색을 하셨지만 말이야.

그런데 참 이상하지? 어느 순간부터 새를 잡는 게 꺼려지는 거야. 예전에는 보이는 족족 잡기 바빴는데 말이지. 총으로 꿩을 맞춰 놓고도 확인 사살을 못해서 놓쳐 버린 적도 있었어. 총을 맞고도 살겠다고 푸드득거리는 녀석을 보니까 도저히 총을 못 쏘겠더라고. 누가 불쌍하니까 죽이지 말라고 한 것도 아닌데 말이야. 내가 왜 이럴까 생각하다가 문득 청둥오리를 잡던 날이 기억났어.

그날도 평소처럼 갯바위 근처에 몸을 숨기고 바다에 떠 있는 오리를 잡기 위해 총을 겨누고 있었어. 목표물을 조준하는 가늠자로 청둥오리의 목 부분을 겨누고 있는데, 그날따라 머리와 목 색깔이 정말 예쁜 거야. 에메랄드색인지 옥색인지 모를 듯한 그 부분이 햇빛을 받아 반짝거리는데 색이 정말 곱더라고. 그동안 청둥오리를 많이 잡으러 다녔으면서도 그렇게 예쁜 색인지 몰랐어. 그런데 그날은 청둥오리의 예쁜 모습이 눈에 들어오더라고. 그래서 안 잡았냐고? 그럴 리가! 오히려 저 놈을 꼭 잡아서 박제로 만들면 정말 멋있겠다는 생각에 평소보다 더 공을 들여 사냥을 했어. 곱고 예쁜 빛깔을 늘 곁에 두고 보고 싶었거든.

그런데 말이야, 왜 그런지 모르겠지만 죽이고 나서 얼마 지나지 않으니까 색깔이 살짝 죽더라고. 곱고 예쁜 에메랄드색이 검은색이 도는 진녹색으로 변해 버린 거야. 나중에 오리만 전문으로 그리는 미국의 어느 화가의 말을 듣고 나서 내가 잘못 본 게 아니었다는 것을 알게 되었는데, 그 예쁜 청녹색은 오직 청둥오리가 살아 있을 때만 볼 수 있다고 하더군. 그걸 알고 나서 충격을 받았어. 이 사건을 겪으면서 나는 처음으로 살아 있는 것의 아름다움을 깨닫게 되었어. 입으로만 말하는 생명의 아름다움이 아니라 진짜로 살아 있다는 게 얼마나 아름다운 일인지 경험한 거지. 그 후론 나도 모르게 새를 죽이는 걸 꺼리게 되었던 것 같아. 처음에는 새를 무척 잡고 싶었는데, 점점 깊이 알게 되면서 잡는 것이 두려워진 거야. 어느 순간부터는 사냥 갈 때도 총알을 딱 세 발만 들고 가게 되더라고. 그런데 수십 킬로미터를 걸어 다니면서도 한 발도 안 쏘고 그냥 돌아오는 때가 많아졌어. 결국엔 살아 있는 생명을 향해선 총을 쏘지 않게 되어 버렸지. 아버지가 많이 아쉬워했지만 나로선 어쩔 수 없었어.

유명한 조류학자나 새를 좋아하는 사람 중에는 나처럼 어렸을 때 새를 사냥한 경험이 있는 사람들이 많대. 그런데 대부분

청둥오리는 살아 있을 때에만 아름다운 빛깔을 낼 수가 있어. 사냥을 하면서 한 번도 느끼지 못했던 살아 있는 생명의 아름다움이 어느 순간 눈에 들어오더라고. 그러고는 사냥을 하지 않게 되었지. 나의 관심사가 또 한번 바뀌게 된 거야. ⓒCalibas

이 어느 순간부터 살아 있는 새의 아름다움에 매료되어서 잡는 재미에서 보고 관찰하는 재미로 넘어가게 되었다고 하더라고. 아마 그때 나도 그 사람들처럼 재미의 단계가 한 단계 올라간 것 같아. 분명 재미에도 단계가 있거든. 게임을 할 때 하위 레벨에서 상위 레벨로 올라가면 더 이상 하위 레벨이 재미가 없는 것처럼 말이야.

나는 새를 통해 직접 손으로 잡는 재미에서 보고 관찰하는 재미까지 배웠어. 그런 재미들을 익힌 덕분에 별을 보는 재미에도 쉽게 빠져들 수 있었던 것 같아. 사람들이 밤하늘의 별을 보면서도 별로 재미를 못 느끼는 게 어쩌면 보는 재미를 경험할 기회가 없었기 때문인지도 몰라. 충분한 지식이 있어야 더 깊은 재미를 느낄 수 있듯이, 배우고 익혀야만 가질 수 있는 재미도 있거든. 처음의 흥분과 본능에 의존한 말초적인 재미는 사실 별로 오래가지 못해. 그런 것에 계속 재미를 느낀다는 건 사실 재미라기보단 더 큰 재미를 못 봤기 때문에 자기도 모르게 그 수준에 익숙해져 버린 것이지. 그 수준 이상의 더 깊고 큰 재미를 느끼기 위해선 배움과 훈련이라는 과정이 필요해. 그게 귀찮아서 포기해 버리면 영영 얕은 수준의 재미밖에 느끼지 못할 거야.

사실 별을 관측하는 건 약간 고차원의 재미야. 그냥 보는 것만으론 절대로 느낄 수 없고, 지식과 훈련이 동반되어야만 가질 수 있는 재미거든. 그런 점에서 보자면 나는 어느 날 갑자기 별을 관측하는 재미에 빠져든 건 아니야. 별이 내 눈에 들어온 건 갑작스런 사건이었지만, 그 전에 나는 온갖 곤충과 새를 통해 관찰하는 경험과 훈련을 많이 해 왔거든. 그리고 백과사전과 조류 도감을 수없이 읽으면서 지식을 쌓는 훈련도 계속 해 왔어. 그 경험과 훈련 덕분에 나는 금방 별을 보는 재미에 빠져든 것 같아. 그리고 그 재미가 지금까지 지속되어 나를 천체사진가로 만든 것이지.

어때, 이 정도면 천체사진가가 될 만큼 특별한 경험을 많이 한 것 같지? 너희들도 '무엇이 되겠다'부터 생각하지 말고, '무엇을 경험할까'부터 고민해 봐. 먼 미래에 무엇이 되겠다고 생각하는 건 너무 멀고 막연하잖아. 하지만 지금 당장 경험해 볼 수 있는 걸 찾아보는 건 그리 어려운 일이 아닐 거야. 늘 해 오던 익숙한 일이나 남들도 다 빠지는 흔한 재미 말고, 새로운 경험을 해 봐. 그게 뭐든 상관없어. 중요한 건 지금까지 안 하던 일을 해 본다는 거니까. 그런 경험들이 지금까지의 너와 다른 너, 다른 사람들과 차별되는 너만의 개성과 특별함을 만들어 줄 거야.

진짜 꿈이
필요한 이유는
대체 가능한 사람이
되지 않기 위해서야

막연한 동경과 진짜 내가
원하는 것을 혼동하면 안 돼

'좋아한다'는 마음에도
3가지 종류가 있어

천체사진가를 직업으로 하면서부터 사람들한테 이런 질문을 자주 받았어.

"천문학과 나오셨어요?" 혹은 "사진 전공하셨어요?"

아마 천체 사진이란 특수한 분야이기 때문에 천문학이나 사진학을 전공해야 직업 사진가가 될 수 있다고 생각하는 것 같아. 그러니까 이런 질문을 하는 거겠지? 그래서 내가 "아니요.

전 조선해양공학을 전공했어요"라고 대답하면 깜짝 놀라거나 의외라는 반응을 보여. '아니, 공돌이 출신이 어쩜 저리도 아름다운 사진을 찍을 수 있지?'라는 표정으로 말이야.

대학에서 전공한 공부와 관련된 직업을 가지는 게 가장 이상적이고 좋은 일이겠지. 하지만 현실은 전공과 무관한 직업을 선택하는 게 대부분이야. 그럴 수밖에 없는 게 뚜렷한 인생의 목표나 자신의 의지로 전공을 선택하는 게 아니라 성적에 맞춰 원서를 내기 때문이지. 내가 항공우주공학과가 아닌 조선해양공학과를 선택한 것부터 안전하게 대학에 합격하기 위해 점수에 맞춘 것이었으니까. 당시 입시 제도는 요즘과 달리 선 지원·후 시험 제도였어. 그런데 원서를 쓸 때 담임 선생님이 모의고사 점수로 보면 항공우주공학과를 선택하기엔 약간 위험하지만 조선해양공학과는 확실한 안정권이라고 하셨거든. 그때 서울대 이과 계열 중에서 가장 높은 학과는 의대가 아니라 전기전자제어공학과나 항공우주공학과, 컴퓨터공학과, 기계공학과 같은 공대 계열이었어. 그런데 시험을 무척이나 잘 본 거야. 항공우주공학과뿐만 아니라 서울대 어느 학과에 지원해도 합격할 수 있는 점수를 받았어. 덕분에 장학금을 받고 조선해양공학과에 입학하기는 했지만 부모님 등 주변에서 많이 아쉬워 하셨지.

불합격의 두려움 때문에 너무 쉽게 현실과 타협한 것이 아닌가 하고.

하지만 난 항공우주공학과에 대한 미련을 금방 떨쳐버렸어. 오랜 꿈을 어떻게 금방 버릴 수 있느냐고? 아마도 그게 나의 진짜 꿈이 아니었기 때문이라고 생각해. 진짜 꿈이 아니기 때문에 현실과 쉽게 타협하고 포기할 수 있었겠지. 비행기를 만드는 게 진짜 나의 꿈이었다면 그렇게 쉽게 타협하지 않았을 거야. 설령 대학 합격을 위해 점수와 타협했더라도 그 후에 그 꿈을 이어가기 위해 계속 다른 시도를 했을 거야. 비행기를 만드는 동아리에 들어가는 식으로 그것에 대한 관심을 놓지 않고 계속 노력했겠지. 그런데 나는 그런 동아리가 아니라 내가 좋아하는 별을 보기 위해 천문 동아리에 들어갔거든. 즉, 어렸을 때부터 가졌던 비행기를 만들겠다는 꿈은 진짜 내 꿈이 아니라 막연한 동경이었던 거야. 사람들은 막연한 동경과 진짜 내가 원하는 걸 혼동하는 경우가 많아. 진짜로 내가 좋아했던 건 별을 보는 것이었고, 좋아하니까 계속 거기에 관심을 가지고 활동하면서 지금까지 오게 된 것이지.

너희들도 정말 좋아하는 게 뭔지 헷갈리지? 오늘은 이게 되고 싶은데 내일은 또 다른 게 눈에 들어오기도 하고. 꿈을 정했다고 하지만 계속 마음이 흔들리는 경우가 많을 거야. 그런데 그 마음이 진짜인지 아닌지 언제 알 수 있는지 아니? 그건 바로 선택의 순간이 닥쳤을 때 알 수 있거든. '좋아한다'는 마음에도 서로 차이가 있어. 3가지 종류로 나눌 수 있지. 진짜 좋아하는 게 있고, 그냥 좋은 게 있고, 나쁘지 않아서 좋은 게 있거든. 그 차이 가 굉장히 중요한데, 이걸 평소에는 알기 힘들어. 좋아하는 많은 것 중에서 하나를 선택해야 할 때만이 정말 좋아하는 걸 알 수 있게 되지. 선택하지 않아도 될 때엔 다 좋아해도 되니까 군이 진짜로 내가 원하는 걸 생각해 보지 않아도 되거든. 이렇게 선 택의 순간을 통해 걸러진 것이 진짜 내 꿈인 거야. 즉, 꿈이란 게 그렇게 막연한 게 아니라는 거지. 지금 내가 좋아하고 관심이 가고 계속 경험하는 것들 중에 하나인 거야.

그리고 이런 것도 중요해. 사람들은 최선의 선택만 하려고 해. 하지만 현실에선 최선의 선택을 할 수 있는 기회는 그리 많 지 않아. 그건 정말 많은 조건들이 다 갖춰져야 가능한 일이거 든. 그래서 최선의 선택보다 차선의 선택을 하는 경우가 많아. 현실과 타협하는 것이지. 여기서 중요한 건 선택을 하고 나서는 거기에 최선을 다하는 거야. 비록 차선의 선택이지만 그것을 최 선으로 만들기 위해 노력해야 해. 하지만 사람들은 최선의 선택에 대한 미련을 못 버리고 선택한 것에 최선을 다하려고 하지 않아. 가지 못한 길에 대한 아쉬움 때문에 현재 자신이 가고 있는 길에 충실하지 않는 잘못을 저지르는 거지. 그렇게 어정쩡한 상태로 후회와 방황을 계속하면 시간을 낭비하게 돼.

진짜 내 꿈이 아닌 것은 빨리 걸러 내야 해

다행히도 나는 비행기를 만들겠다는 내 꿈이 진짜가 아니었다는 걸 일찍 깨달았어. 그래서 항공우주공학과에 대한 미련을 빨리 떨쳐 버리고 내가 선택한 조선해양공학이란 전공에 충실하기로 했어. 그리고 오래 전부터 대학에 가면 하겠다고 마음먹은 것들에 최선을 다하기로 다짐했지. 그게 뭐냐고? 그건 바로 정말 정말 신 나게 노는 거야. 그동안 생각만 하고 있던 것, 해 보고 싶지만 하지 못했던 것들을 모두 다 경험해 보고 싶었어. 얌전한 범생이로 책을 통한 간접 경험이 아니라 대학생으로, 성인으로 당당하게 직접 경험해 보는 게 대학에 가는 중요한 목표였거든. 어쩌면 나는 이 목표가 더 중요했는지도 모르겠어.

그래서 나는 대학에 입학하자마자 동아리 순례부터 시작했어. 물론 가입할 곳들은 이미 정해져 있었지. 별을 보는 아마추어 천문회와 사격 동아리, 이곳에서 나의 대학 생활을 불 태워보리라 다짐했어. 그리고 마침내 꽃 피는 춘삼월이 아니라 꽃샘추위가 살벌한 3월의 어느 날, 비장한 표정으로 두 동아리에 가입 신청서를 냈어. 드디어 동아리에서 시작해서 동아리로 끝난 나의 대학 생활이 시작된 것이지.

공대 식당 지하의 한쪽 구석에 있는 아마추어 천문회의 동아리 방은 번듯한 것과는 너무도 거리가 먼, 창고 같은 분위기를 풍기는 곳이었어. 게다가 동아리 구성원의 3분의 2가 시커먼 남자들이다 보니 가끔은 여기가 대학 동아리 방이 아니라 조폭들의 소굴에 온 것 같은 착각이 들 정도였어. 동아리 방이 공대 식당 지하에 있어서 들어가는 입구도 항상 어두컴컴했거든. 한쪽 구석에는 석사, 박사 과정에 있는 늙다리 선배들이 모여서 카드를 치고 있고, 반대쪽에선 통기타를 치며 돼지 먹따는 소리를 지르고 있는 이 어수선한 와중에 한쪽 구석에서 조용히 앉아 천문학 책을 읽는 열혈 학구파들도 있었어.

어울리기 힘든 이 3가지 요소가 묘한 균형을 이루고 있는 아노미 상황이 우리 동아리 방에서 늘 벌어지고 있었지. 별과 낭만을 꿈꾸며 들어왔던 여학생들은 현실과 이상의 차이에 쉽게 적응할 수 없었을 거야. 가입하러 왔다가 그냥 돌아가는 여학생들도 있었거든. 우리 동아리의 모토가 '별 그리고 사랑'이었는데 그 '사랑'이 누구에게는 '별'에 대한 사랑이었고, 누구에게는 '술'에 대한 사랑이었으며, 누구에게는 정말 '핑크빛 로맨스'가 되기도 했지. 특히 나처럼 온통 시커먼 남자들만 득실대는 공과대 남학생들에게 동아리 생활은 어둠 속의 빛과 같은 존재였어. 뭐 그 와중에 연애 한 번 못 해 본 건 절대 자랑이 아니야. 아무튼 이성보다는 별이 좋았다고 해 두지. 흑.

그래도 천문 동아리 활동의 꽃은 뭐니뭐니해도 천체 관측 아니겠어? 우리 동아리에도 별을 볼 수 있는 작은 관측소가 있었어. 자연대 운동장 구석에 있는 관측소는 내가 입학하기 10년 전에 동아리 선배들이 직접 지은 건물이야. 학생들이 직접 벽돌을 나르고 쌓아서 지었을 뿐만 아니라 관측 돔도 직접 용접해서 만들었다고 해. 이 모든 게 가능했던 것은 공돌이들이 많았기 때문이지. 공돌이들은 철판과 용접기만 있으면 웬만한 것은 뚝딱 만들어 내거든. 망원경은 10인치 구경의 뉴턴식 반사 망원경인데, 이게 보통 물건이 아니었어. 해방 후에 우리나라가 무척 가난했을 때 외국에서 받은 원조 물품이었는데 너무 오래되어서 더 이상 안 쓰는 것을 받아서 쓰는 거였어. 한마디로 골동품이라는 거지. 그래도 성능은 꽤 괜찮았어. 만유인력의 법칙을 발견한 아이작 뉴턴이 고안한 방식이라 뉴턴식이라고 이름이 붙었는데, 천문대에 있는 비싼 망원경에 비할 순 없지만 학교 동아리에서 쓰기엔 꽤 훌륭한 물품이었지. 다만 너무 오래 되어서

서울대학교 아마추어 천문회의 관측소. 지금은 없어지고 더 좋은 자리에 크고 번듯한 관측소가 생겼어. 친구가 장난으로 벽에다 '아마추어 천문회'라고 썼는데 선배들한테 엄청 혼나고 새로 페인트칠을 해야 했지.

수시로 손을 봐야 하는 번거로움은 있었지만 말이야.

맨눈과 쌍안경으로 별을 관측하던 내게 진짜 제대로 된 망원경으로 별을 본다는 건 정말 가슴 설레는 일이었어. 망원경으로 달을 봤는데 고등학교 때 처음 샀던 장난감 수준의 망원경으로 보던 것과는 정말 차원이 달랐어. 보통 사람 눈의 동공 크기는 약 7mm야. 망원경의 지름인 10인치를 mm단위로 환산하면 254mm가 되니까 사람 눈 크기의 약 36배가 되는 거지. 면적으로는 그 제곱인 약 1,300배가 되는데, 이것은 1,300배나 많은 빛을 모아서 볼 수 있다는 의미야. 달의 밝기가 맨눈으로 볼 때보다 1,300배 밝아진다는 거지. 그래서 달을 보면 너무 밝아서 눈이 아플 정도였어. 달의 커다란 구덩이인 크레이터가 생생하게 보이고 토성의 고리도 또렷하게 보였어. 목성 표면의 줄무늬와 금성의 위상 변화도 선명하게 볼 수 있었어. 알비레오 같은 이중성도 무척 아름다웠지. 알비레오는 지구에서 430광년 떨어져 있는 백조자리에서 다섯 번째로 밝은 별인데, 맨눈으로 보면 하나의 별로 보여. 하지만 망원경으로 보면 푸른빛의 별과 주황색의 별이 이웃하고 있는 이중성이라는 것을 알 수 있어.

책에서만 보던 걸 직접 눈으로 볼 수 있게 되니 내가 얼마나 신이 났겠어. 날씨가 좋은 밤이면 열 일을 제쳐 두고 관측소로 달려갔어. 당시에 나는 학교 근처 친척 집에 살고 있어서 아무 때나 학교에 갈 수 있었거든. 이렇게 나의 하루 일과는 온통 별과 천문 동아리를 중심으로 채워졌어. 수업 중간중간에 비는 시간은 동아리 방에 가서 놀다가 수업을 마치고 나면 동아리 사람들과 어울려 학교 밑에 있는 녹두거리로 가서 술을 마셨어. 그러다 별을 볼 수 있는 맑은 밤에는 관측소로 가서 밤새도록 별을 보면서 술을 마셨지.

별을 좋아하는 청년들은 술도 좋아했어

너희들에게 술 이야기를 한다는 게 뭣하지만 그땐 정말 술을 많이 마셨어. 그 무렵 서울대학교 동아리 중 술을 제일 많이 마시는 3대 동아리가 있었는데, 그 중심에 우리 천문 동아리가 있었어. 동아리의 모토가 '별 그리고 사랑'이 아니라 '별 그리고 술'이 아니었을까 싶을 정도로 우리 동아리와 술은 떼려야 뗄 수 없는 관계였지. 놀기로 작정한 나에겐 정말 안성맞춤인 동아리였어. 덕분에 입학하고 나서 처음으로 술을 안 먹은 날이 기말고사 기간인 6월이었어. 보통 땐 시험 기간에도 늘 술자리가 있었는데 그날따라 이상하게 아무도 술을 안 마시는 거야. 그때 나의 활동 영역은 천문 동아리와 사격 동아리, 고등학교 동문 회, 학과 방까지였거든. 돌아가면서 마셔도 매주 나흘은 마실 수 있는 시스템인데 그날은 어느 곳에서도 술자리가 잡혀 있지 않 는 거야. 어쩔 수 없이 의아함과 아쉬운 마음을 안고 집에 돌아 가서 시험공부를 해야 했지. 그때 내가 얼마나 아쉬웠으면 20년 이 훌쩍 지난 지금도 그날을 기억하고 있겠니.

그런데 망원경으로 별을 관측하면서 기대와 달리 무척 실망 스러운 점이 있었어. 천문 관측을 처음 시작한 사람들이 망원경 에 대한 로망을 가지는 건 사진에서 본 아름다운 광경을 내 눈 으로 직접 볼 수 있다는 것 때문이거든. 나 역시 망원경에 대한 기대로 잔뜩 부풀어 있었지. 망원경으로 관측하는 궁극의 대상 은 성운, 성단, 은하 같은 아주 작고 희미해서 맨눈으로 보기 힘 든 대상들이야. 이러한 것들을 딥 스카이Deep Sky 대상이라고 불 러. 특히 게성운처럼 화려하고 신비한 빛을 가진 대상을 큰 망 원경으로 보면 얼마나 대단할까 하는 큰 기대를 가지고 있었는 데, 아무리 봐도 화려한 빛은커녕 희미하고 뿌연 덩어리만 보이 는 거야. 혹시 위치를 잘못 찾았나 싶어서 다시 확인해 봐도 역

대학 시절 동아리 관측소에서 10인치 반사 망원경으로 태양을 관측하고 있는 내 모습이야. 달이나 금
성도 위치만 잘 맞추면 낮에도 망원경으로 볼 수 있어.

시 마찬가지였어. 북반구의 밤하늘에서 가장 크고 밝은 오리온 대성운 역시 붉은색의 날개를 펼친 것 같은 환상적인 모습이 아니라 그저 희뿌연 덩어리만 보일 뿐이었어.

사진에서 봤던 형형색색의 신비한 천체의 모습은 온데간데 없고 왜 내 눈엔 희뿌연 덩어리만 보였던 걸까? 이유는 인간의 눈이 가진 특성 때문이야. 인간의 눈은 사진과 달리 순간순간 들어오는 빛에 반응하기 때문에 희미한 대상은 제대로 보기 어려워. 게다가 눈에는 명암을 보는 세포와 색채를 보는 세포가 각각 있는데, 어두운 환경에서는 색채를 보는 세포가 작동하지 않아. 그래서 총천연색의 화려한 색깔도 흑백으로 보이게 되지. 아무리 크고 비싼 망원경으로 봐도 사람의 눈으로는 사진과 같은 화려한 광경을 볼 수 없다는 거야. 이런 이유를 모르기 때문에 망원경으로 처음 관측한 사람들은 기대와 다른 모습에 실망하는 경우가 많아. 나 역시 이유를 알기 전까진 무척 실망했으니까. 혹시 더 큰 망원경으로 보면 다를까 싶었지만 천문학과에서 사용하는 훨씬 더 큰 망원경으로 봐도 마찬가지였어.

이런 이유로 천문 관측을 하는 많은 사람들이 사진에 관심을 가지게 돼. 눈으론 볼 수 없지만 카메라로 찍으면 아름다운 광경을 사진으로 담아낼 수 있거든. 카메라는 아무리 희미한 빛이

미국 항공우주국NASA의 허블우주망원경으로 촬영한 게성운 사진이야. 모양이 게딱지처럼 생겼다고
해서 게성운이라는 이름이 붙었어. ⓒNASA

라도 오랜 시간 노출을 주면 형형색색의 아름다운 모습을 그대로 담을 수 있어. 우리들이 보는 화려하고 신비한 우주의 모습은 모두 망원경을 통해 카메라로 찍은 것들이야. 그래서 이때부터 나도 사진에 관심을 가지기 시작했어.

게성운이 나왔으니 성운에 대해 조금 이야기해 줄게. 앞에서도 말했지만 우주 공간은 별만 있는 게 아니야. 별과 별 사이의 공간은 수소와 헬륨 같은 기체와 미세한 입자들로 채워져 있는데, 이걸 성간물질이라고 해. 이 성간물질이 어떤 조건에 의해 한곳에 모여서 구름처럼 보이는 것이 있는데, 이걸 '성운'이라고 불러. 성운은 빛을 내는 방법에 따라 발광성운, 반사성운, 암흑성운으로 나눌 수 있어.

발광성운은 가스와 티끌이 주변의 뜨거운 별에 의해 가열되어 스스로 빛을 내는 성운인데, 대표적인 게 오리온대성운이나 거문고자리의 행성상성운이야. 발광성운과 달리 주위에 있는 밝은 별빛을 반사해서 주로 푸른빛을 내는 걸 반사성운이라고 하는데, 앞에서 말한 플레이아데스성단이 대표적이지. 우리가 보는 천체 사진 중에서 화려한 색깔과 신비한 형태를 가진 것들이 대부분 발광성운과 반사성운의 모습이야. 마지막으로 암흑성운은 별빛이 가려져서 검은 구름처럼 기괴한 모습을 한 성운

꿈 찾고 과학 잡고!

★초신성

초신성은 폭발로 인해 별 하나가 은하 전체보다 밝아졌다 서서히 어두워지는 현상이야. 폭발할 때의 엄청난 에너지와 압력, 온도로 철보다 무거운 원소들이 태어나는데 우리 몸도 결국 오래 전 폭발한 별들의 잔해로 만들어진 거지.

★백색왜성

가벼운 질량을 가진 항성이 죽어 가면서 생성하는 천체로 항성 진화 과정의 마지막 단계라고 할 수 있어. 백색왜성의 최대 질량은 태양의 1.4 배이고 크기는 지구 정도로 '작다'고 말해.

이야. 마치 악마의 그림자처럼 으스스하게 보여서 SF 영화나 만화에 등장하는 나쁜 외계인들이 주로 암흑성운의 대표인 말머리성운 출신들이 많지. 아마 SF 마니아들한테는 성운이나 성단 같은 단어가 익숙할 거야.

게성운은 1054년에 **초신성***이 폭발하고 남은 잔해로 생긴 성운이야. 별들 중에는 굵고 짧은 일생을 살다가 폭발과 함께 장렬히 죽음을 맞는 별들도 있어. 이때 폭발의 잔해로 성운이 생기기도 하는데, 대표적인 게 황소자리의 게성운이지. 중국에 남아 있는 오랜 관측 기록에 의하면 낮에도 볼 수 있을 정도로 밝았다고 해. 이후부터 점점 어두워져서 지금은 가운데에 **백색왜성***이 희미하게 있고 그 잔해들이 주변을 둘러싸고 있는 모습으로 남아 있어.

나중에 18세기 프랑스의 메시에Messier라는 사람이 관측 기록을 정리하면서 게성운에 'M1'이라는 번호를 붙여 줬어. 당시에 혜성을 찾는 것이 유행이었는데, 혜성이랑 헷갈리지 말자고 만든 목록인 메시에 목록에 첫 번째로 이름을 올린 거지. 아무튼 천문학자들은 번호를 붙이는 것을 좋아해. 어린왕자가 산다는 그 소행성에도 'B612'라는 번호가 붙어 있잖아. 사실 'B'는 암흑성운에 붙는 기호야. 버나드Barnard라는 사람이 목록으로 정리해서 그 이름자가 붙었어. 나쁜 외계인들의 고향으로 자주 등장하는 말머리성운이 'B33'이지.

게성운 사진을 보니, 어때? 저 광활한 우주 공간에 저렇게 아름답고 신비한 존재가 있는 게 정말 신기하지 않니? 저런 아름다운 존재가 우주 속에서 저절로 수없이 생겨나고 사라진다는 것은 정말 대단한 일이거든. 그렇게 아름다운 모습을 눈으론 볼 수 없다는 게 너무 아쉬웠지. 그래서 나는 눈으로 보는 대신 카메라로 찍어서 사진으로 남기는 방법을 택하기로 했어. 이런 이유로 우리 천문 동아리에도 나처럼 사진으로 관측하는 사진파가 많았어. 나머지 사람들은 눈으로 관측하는 것에 더 중점을 두는 관측파와 천체 이론에 관심이 많은 이론파로 나뉘었지.

사진 가운데에서 조금 왼쪽으로 말머리처럼 생긴 거 보이지? 암흑성운인 말머리성운이야.
외국의 아마추어 천문가가 그의 망원경과 디지털카메라로 촬영한 사진이지. ⓒRawastrodata

아버지가 아끼던 카메라를 얻어
별 사진을 찍기 시작했어

나는 단연코 사진파였지. 그런데 나는 아주 커다란 문제에 부딪쳤어. 사진을 찍으려면 카메라가 있어야 하는데 나한텐 카메라가 없었거든. 요즘이야 누구나 카메라 기능이 있는 휴대 전화를 쓰는 1인 1카메라 시대이지만, 당시만 해도 집안에 카메라 하나 있는 게 고작이었어. 게다가 천체 사진을 찍으려면 스냅 사진이나 찍는 정도로는 안 되고, 좀 좋은 카메라가 필요하잖아. 그런데 그런 카메라는 꽤 비싸거든. 빠른 시간 내에 카메라를 구할 궁리를 하다가 결국 아버지한테 부탁해 보기로 결심했어. 아버지한테는 오래 전에 일본에 출장 가서 사 오신 '니콘 F2' 카메라와 표준렌즈, 광각렌즈, 망원렌즈에 플래시, 접사링까지 갖춘 풀세트가 있었거든. 가끔 취미로 찍는 데 쓰기엔 너무 아까운 전문가용 카메라였어. 통이 크신 아버지답게 프로 사진가들이 쓰는 진짜 고급 카메라를 풀세트로 사 오신 거지. 아버지가 한동안 사용하시다가 장롱 속에 처박혀 있는 이 카메라를 얻기 위해 나는 1학년 여름방학이 시작되자마자 집으로 내려갔어. 그리고 카메라가 필요하다고 말씀드렸지. 아버지는 자신의 보물 1호인 카메라를 선선히 내주셨어. 게다가 총을 내주셨을 때처럼 카메라의 모든 사용법도 같이 전수해 주셨지.

아버지 덕분에 나는 천체 사진을 찍을 수 있는 좋은 장비를 갖추게 되었어. 천체 사진은 장비의 수준에 따라 엄청 차이가 나거든. 과학기술을 전제로 한 예술이기 때문에 아무리 사진을 찍는 사람의 기술이 좋아도 장비가 받쳐 주지 않으면 좋은 사진을 찍기 힘들어. 그런 점에서 나는 굉장히 운이 좋았어. 대학 1학년이 쓰기엔 대단한 장비였지. 카메라 가방도 아주 큰 것으로 사야 했어. 그걸 들고 동아리 관측회에 가면 다들 부러워했지. 오랜만에 오신 OB 선배들도 유심히 살펴보셨어.

"이게 다 네 거니?"

"네."

"이걸 다 어떻게 구했냐?"

"아버지께서 주셨어요."

"아버지가 혹시 전문 작가시냐?"

"그건 아닌데요."

당시 동아리 사람들을 통틀어서 내 것보다 좋은 카메라를 가진 사람이 아무도 없었는데, 사람들이 카메라만큼이나 관심을 보인 게 삼각대였어. 내가 큰맘 먹고 산 이탈리아제 '만프로토'

삼각대는 은색의 알루미늄으로 된 다리가 장시간에도 너끈히 버틸 수 있을 정도로 튼튼하게 보였거든. 천체 사진을 찍으려면 장시간 고정시켜야 하기 때문에 삼각대의 내구성이 아주 중요해. 처음 산 망원경을 깨뜨렸을 때 나는 삼각대의 중요성을 절실히 실감했지. 다들 저렴한 중국제 삼각대를 쓰고 있었는데 내 '만프로토' 삼각대를 보고 난 후부터는 하나둘씩 이 제품으로 바꾸기 시작했어. 중국제보다 무려 3배 이상 비싼 제품인데도 말이야.

별에 카메라를 들이대는 순간
진짜 내 꿈이 보이기 시작한 거야

카메라가 생긴 나는 그때부터 미친 듯이 사진 찍는 연습에 몰두했어. 정말 한순간도 카메라를 손에서 놓지 않고 사진을 찍었어. 마치 총을 처음 잡았을 때처럼 말이야. 하나의 기기를 잘 다루려면 많은 연습과 훈련이 필요해. 특히 카메라처럼 다루는 사람의 기술에 따라 결과물에 차이가 확연한 기기는 더 많은 노력이 필요하지. 조리개, 셔터 스피드, 촬영 당시의 날씨와 빛의 양

등 다양한 조건들을 자유자재로 구사할 수 있어야 내가 원하는 사진을 찍을 수가 있어. 특히 밤하늘의 별을 찍는 천체 사진은 극한의 분야라 기술적으로 많은 지식이 필요해. 어두운 밤에 촬영하니 카메라가 자동으로 노출을 맞춰 주질 못하고 초점도 수동으로 맞추어야 하지. 일반 렌즈도 아니고 망원경을 연결하게 되면 망원경까지 잘 다루어야 하니까 아주 어려운 분야야. 카메라의 원리나 사진의 기본 원리까지 공부를 정말 많이 해야 해. 처음에는 서점에 있는 카메라 관련 책은 모두 구해 읽었지. 사진 잡지들도 읽고, 사진학과 친구들이 교재로 사용하는 책들까지 읽기 시작했어.

내가 원하는 사진을 찍기 위해선 많이 연습하고 공부하는 것 외엔 다른 방법이 없어. 그렇게 카메라가 내 눈과 손처럼 느껴질 정도로 익숙해지고 사진 찍는 기술과 지식을 갖추고 나야 나의 의도와 영감이 담긴 사진을 찍을 수 있게 돼. 이런 기본적인 준비 과정을 거치지 않고서는 아무리 좋은 아이디어와 영감이 있어도 사진으로 구현하기가 쉽지 않거든. 그래서 천체 사진은 물론이고 사람이든 풍경이든 닥치는 대로 사진을 찍으며 훈련과 연습을 계속했어.

사실 내가 이렇게 노력하지 않았더라면 나는 직업 사진가가 될 수 없었을 거야. 사진을 좋아하는 것과 사진으로 밥을 먹고 사는 건 차원이 다른 문제거든. 사진을 좋아해서 찍는 수준의 노력과 실력으로는 절대로 직업 사진가가 될 수 없어. 왜냐면 나는 사진을 사진학과 같은 교육 기관에서 제대로 전공한 사람이 아니거든. 물론 사진을 전공하지 않았다고 사진가가 될 수 없는 건 아니야. 하지만 사진을 전공하지 않은 사람이 직업 사진가가 되려면 사진을 전공한 사람보다 더 많은 공부와 수련이 필요해. 전공자들보다 더 많은 노력을 해야 그들과 어깨라도 나란히 할 수 있어. 출발선이 다르니까 어쩔 수 없잖아. 무슨 일이든 그걸로 돈을 벌고 인정을 받기 위해선 평균 이상의 실력과 지식을 갖춰야 해. 그러기 위해 끊임없이 노력하고 배워야 하지.

그런데 나처럼 전업 사진가가 아니더라도 요즘 같은 시대엔 사진 찍는 기술은 꼭 갖춰야 할 필수 능력이라고 생각해. 옛날에는 글을 모르면 문맹이라고 했고, 인터넷이 나온 뒤로는 인터넷을 쓸 줄 모르면 넷맹이라는 소리를 듣잖아. 이건 정보 수집 능력에 뒤떨어진다는 의미거든. 지금은 카메라나 동영상 촬영 기기를 못 다루면 그런 취급을 받기 쉬워. 이제는 글뿐만 아니라 이미지로도 소통하고 기록하는 시대니까 말이야. 사진은 중요한 정보이자 자신을 표현하는 수단으로 자리 잡았거든. 예를 들어, 에베레스트 산꼭대기에 등정하더라도 증거물로 사진을 찍어 둬야 인정받을 수 있어. 과학 실험을 하더라도 예전엔 보고서만 쓰면 되었는데, 요즘은 실험 과정과 결과를 사진과 영상으로 기록해야 해. 자신의 성과를 입증하는 증거가 아니더라도 사람들은 자신이 먹는 음식이나 여행 간 장소를 사진으로 찍어서 기록으로 남기잖아.

이렇게 문자에 의한 기록을 넘어서 사진으로 기록하는 시대가 올 거라는 걸 약 100년 전에 발터 벤야민Walter Benjamin이라는 유명한 철학자가 예언을 했대. "미래의 문맹자는 글자를 못 읽는 사람이 아니라 사진을 못 읽는 사람이 될 것"이라고 말이야. 벤야민은 100년 후에 사람들이 모두 카메라를 들고 다니는 시대가 올 거라는 걸 어떻게 알았을까? 그의 예언대로 요즘은 카메라 기능이 내장된 휴대 전화로 누구나 사진을 찍을 수 있는 시대가 되었잖아. 100년 후를 내다보는 그 통찰력이 정말 놀랍지 않니?

대학 4년을 별을 찍으러
전국을 돌아다니며 보냈지

좋은 카메라를 가진 나는 물 만난 고기처럼 천체 사진을 찍으러 열심히 돌아다녔어. 밤에만 별이 뜨는 자연의 순리에 따라 나도 밤에 피는 장미처럼 카메라를 들고 나갔어. 하지만 도시에선 제대로 천체 촬영을 하기 어려워. 도시엔 불빛들이 너무 많잖아. 거리의 가로등부터 간판의 네온사인과 차의 불빛까지 수많은 빛들이 방해를 하거든. 그래서 천체 사진을 제대로 찍으려면 불빛이 없는 깜깜한 시골로 나가야 해. 문제는 거기까지 가는 이동 수단이야. 별이 잘 보이는 곳은 대부분 사람들이 많이 살지 않는 곳이거든. 그러니 버스도 잘 안 다니고 차도 일찍 끊어졌어. 동아리에서 관측회를 1박 2일로 가는 것도 당일로 갔다 오기 힘들어서야. 천체 사진을 마음껏 찍고 싶은데 제약이 너무 많아서 속상하더라고. 그래서 차를 사기로 결심했어. 차만 있으면 날씨가 좋은 날에 원하는 장소까지 아무때나 갈 수 있잖아. 그런데 욕심이 과하면 화를 부른다고 천체 사진을 찍을 욕심 때문에 하마터면 죽을 뻔한 일도 있었어.

2학년에 올라가면서 나는 차를 사기로 마음먹었어. 사실 나는 대학생이 차를 사는 것이 그리 좋게 보이지는 않았어. 사치스럽고 학생답지 않다는 생각 때문에 고민을 많이 했지. 하지만 사진 작업을 하려면 차는 꼭 필요한 장비거든. 꼭 필요한 것은 마련해야 하지 않겠어? 인생을 살다 보면 조건과 상황이 꼭 일치하지 않는 게 참 아이러니 해. 젊을 때는 돈이 없고, 나이 들어서 돈이 좀 있으면 그때는 시간이 없거나 체력이 없지. 난 그때 젊을 때라 돈이 없었지. 차가 한두 푼 하는 물건도 아니고 결심했다고 바로 살 수 있는 게 아니잖아. 그런데 다행히도 동아리에 죽이 잘 맞는 친구가 있어서 같이 돈을 모아 차를 사기로 했어. 벼룩시장을 뒤져 20년이 다 된 구닥다리 '포니2'를 20만 원에 샀어. 지금은 자동차 박물관에 가야 볼 수 있는 골동품 수준의 차야. 사실 그때도 골동품이나 다름없는 고물이었어. 얼마나 낡았는지 창문을 올리는 손잡이가 고장 나서 창문을 청테이프로 붙여야 했어. 과연 제대로 굴러갈 수나 있을지 보는 순간 의문이 생기는 외형이었지만 그래도 그럭저럭 움직이더라고.

그때 나는 운전 면허증이 있었는데, 친구는 면허를 따야 했어. 그래서 친구는 면허를 따기 위해 차를 산 다음 날부터 그 차를 가지고 운전 연습을 시작했어. 학교 뒤 공터에서 하루 정도 연습을 하더니 자신감이 붙었는지 옆에 타라고 하더라고. 근데

이 친구가 좀 무모하고 과격한 성격이라 정말 타기 싫었지. 그런데 하도 성화를 부리는 바람에 걱정은 되었지만 '괜찮겠지' 하는 마음으로 다른 친구와 함께 차에 올라탔어. 하지만 설마가 사람 잡는다고, '설마' 하는 안일한 생각으로 차에 타자마자 곧 후회가 물밀듯 밀려왔어. 그 과격한 성격이 운전대를 잡았다고 사라지겠어? 세상에, 면허도 없는 주제에 속도를 마구 높이는 거야. 그것도 관악산 기슭에 있는 순환도로의 꼬불꼬불한 구간에서 말이야. 도로 양 옆으로 주차된 차들 사이를 시속 100km로 달리는데 나랑 같이 탄 친구는 기함을 하며 공포에 찬 비명을 질러 댔어. 제발 속도를 줄이라고 소리를 질렀지만 이 무모한 친구는 우리의 말을 완전 무시하며 속도를 더 높이더니 앞차를 추월하는 거야. 사악한 미소를 지으면서 말이야.

속도도 공포도 모두 정점을 향해 치닫는 순간, 앞차를 추월하자마자 눈앞에 급커브가 나타나는 거야. 셋이 함께 "으악!"이란 비명을 합창함과 동시에 차가 중심을 잃고 데굴데굴 구르기 시작했어. 차가 구르면서 창밖의 풍경들이 획획 돌아가는데, 지나온 인생이 주마등처럼 지나가는 거야. 그 짧은 시간 동안 부모님 생각도 나고, 이 무모한 녀석의 말을 거절하지 못한 것에 대한 자책감도 들고, 산 지 사흘밖에 안 된 차가 아깝다는 생각까지, 오만 가지 상념들이 지나가더라고.

차는 거꾸로 뒤집혀서야 구르는 걸 겨우 멈췄지. 유리창이 다 깨지고 사이드미러도 다 떨어져 나갔어. 우리는 멍하니 안전벨트에 거꾸로 매달려 있었지. 이제 죽었다고 생각하고 있는데, 완전 기적 같은 일이 일어난 거야. 우리 셋 다 다친 곳 하나 없이 멀쩡히 차에서 내린 거야. 그것보다 더 신기한 일이 있어. S자로 휘어진 길 양옆으로 주차된 차들이 줄줄이 있었는데, 마치 그 차들을 피해 다닌 것처럼 그 사이로 굴러 내려온 거야. 만약 어디 부딪쳤다면 시속 100km로 달리던 데다 가속도까지 더해져서 죽거나 크게 다쳤을 거야. 그런데 신기하게도 장애물 아닌 장애물들을 피하면서 구른 덕분에 달리던 에너지가 회전 에너지로 바뀌면서 자연스럽게 감속이 되어 아무도 다치지 않았어. 충격에 의한 근육통조차 없이. 그러니까 완전 기적이었지. 뒤집어진 차에서 안전벨트를 풀고 깨진 유리창 틈으로 기어 나올 때, 운전했던 친구와 했던 말이 아직도 기억나.

"운전 니가 한 거다."

"그래."

이 친구는 그 와중에도 무면허로 사고 낸 것이 걱정이었던 거야. 여럿이 힘을 합쳐 차를 뒤집으니까 다시 시동은 걸리더군.

천천히 이동해서 으슥한 공터에 주차해 놓고, 다음 날 수리 업체에서 레커차로 끌고 갔는데, 수리비가 사는 값보다 더 많이 나와서 결국 폐차해 버릴 수밖에 없었어. 차를 산 지 3일 동안 벌어진 일이었는데, 우리 동아리에서는 두고두고 '삼일 천하' 사건으로 회자됐지.

그 사단을 겪고도 정신을 못 차린 우리는 몇 달 지나지 않아 그때보다 조금 더 상태가 좋은 포니2를 30만 원에 또 샀어. 그래 봤자 조금 더 나은 고물이지만, 그 차로 사진을 찍으러 전국 곳곳을 돌아다녔어. 거의 매주 촬영을 나가고, 방학의 반은 촬영 여행을 다녔어.

미칠 일이 따로 있으니
전공 공부와는 자연히 멀어졌어

카메라를 들고 별에 미쳐서 돌아다니다 보니 전공 공부와는 담을 쌓게 되었지. 그나마 수업 안 빼먹고 꼬박꼬박 들어가고 과제도 빠짐없이 다 제출하는 게 신통할 정도였어. 공대 공부는 굉장히 어려워. 제대로 하려면 고등학교 때보다 더 열심히 공부

'I LOVE ★' 1994년 초가을, 치악산에서 '삼일 천하' 친구들과 함께 촬영한 사진이야. 카메라 셔터를 열어 놓은 상태에서 작은 손전등으로 허공에 글씨를 써서 찍었어.

해야 해. 특히 공대에서 다루는 수학은 너무 어려워서 열심히 공부해도 알아듣기 힘들어. 그런데 시험 전날 벼락치기로 공부하고 시험을 치니 성적이 좋을 리가 있나. 아주 시(C)들(D)시들했지. 급기야 3학년 2학기 때는 낙제점에 가까운 D를 두 개나 받았어. 그중 하나가 '해양파역학'이라는 전공 필수 과목인데, 제목만 들어도 머리가 아프지 않니? 그래서 재수강을 해도 어차피 못 알아들을 것 같아서 그냥 D로 놔뒀어.

사실 내가 성적에 별 신경을 쓰지 않았던 이유는 학사만 하고 공부를 마칠 계획이었기 때문이야. 당시만 해도 서울대 이공계열 학생들은 학부만 마치는 경우가 거의 없었어. 대부분 석사까지 밟는 게 기본이었지. 그런데 대학에 와서 공부를 해 보니 내가 별로 공부를 좋아하지 않는다는 걸 깨달았어. 조선해양공학이라는 학문에 큰 뜻이 없는 것도 있고 별과 사진이 더 좋았기도 했지만, 더 근본적인 이유는 공부가 적성에 안 맞기 때문이었어. 이건 공부를 잘 하는 것과는 다른 문제야. 고등학교 때 공부를 잘했던 건 공부를 좋아해서가 아니라 그게 필수 과정이었기 때문이야. 앞으로 무슨 일을 하든 꼭 거쳐야 하는 과정이기 때문에 거기에 충실했던 것뿐이지. 하지만 대학에서 하는 공부는 좋은 성적을 내기 위해서나 필수 과정이기 때문에 하는 게 아니거든. 정말로 좋아하는 학문을 원해서 하는 공부여야 해. 하지만 안타깝게도 우리나라 현실은 공부를 좋아해서 대학을 가는 게 아니라 인생의 필수 코스라는 이유로 대학에 가고 있지. 자기가 정말 원하는 게 뭔지도 모르면서 남들이 다 가니까 따라가는 경우가 많은 것 같아.

그렇다고 대학에 가는 것 자체가 낭비라고 생각하지는 않아. 아무래도 사회보단 대학이 더 자유롭게 다양한 경험을 할 기회가 많으니까. 직장에 들어가서 사회생활을 시작하면 자유로운 시간을 갖기 힘들거든. 그런 점에서 고등학교를 졸업하자마자 사회로 들어가는 것도 좋지만, 대학이라는 완충 지역을 거쳐서 사회로 가는 것도 좋다고 생각해. 나처럼 대학 4년 내내 하고 싶은 것을 실컷 하면서 노는 것도 후회하지 않고 대학 생활을 보내는 방법인 것 같아. 인생에 그럴 수 있는 기회가 별로 없잖아. 그래서 나는 놀았던 것을 절대 후회하지 않아. 대학에 들어가면 놀았던 선배들은 공부하라고 충고하고, 공부했던 선배들은 노는 게 낫다고 말해. 하지만 열심히 놀았던 나는 신입생들을 만나면 늘 "열심히 놀아. 노는 게 남는 거야"라고 말해 줘.

이렇게 말하면 요즘 대학생들은 한숨부터 내쉬며 염장 지르지 말라고 하지. 그건 좋은 시절에나 가능한 이야기라고. 그때야 학점이 엉망이어도 어떻게든 취업이 되었지만 요즘은 다르다고. 고등학교 때보다 더 열심히 공부해서 학점 관리를 잘해도 취업이 될까 말까인데 어떻게 노느냐고 말이야. 그래서 요즘 학생들은 대학에 가서도 놀지 않지. 죽어라 공부해서 학점 받고 토익이니 토플이니 영어 점수 따고 스펙 쌓느라 무척 바빠. 그렇게 4년 내내 취업 공부에 매달리는 게 희망찬 미래를 위해 착실히 준비하는 거라고 하지만, 과연 그럴까? 분명 예전보다 취업이 어려워진 건 사실이야. 전 세계적으로도 성장이 끝나고 불황의 시대로 접어들고 있으니까. 그렇다고 해서 대학 4년을 취업 준비로 보내는 게 과연 취업과 인생에 도움이 될까? 내가 보기엔 별 도움도 안 될 뿐더러 바보 같은 짓이라고 생각해.

지금 보이는 건 기성품의 세계일 뿐이야

내가 대학에 가서 놀라고 말하는 건 주색잡기나 하면서 시간을 흥청망청 보내라는 뜻이 아니야. 정말 자신이 원하는 것, 좋아하는 걸 찾아보라는 거야. 중·고등학교 때는 대학을 목표로 공부하느라 그럴 기회조차 없었잖아. 그렇게 힘들게 공부해서 대학에 왔으면 그때부터라도 자신이 원하는 걸 찾기 위해 노력해야 하지 않겠어?

안타깝게도 우리 사회는 자신이 원하는 걸 찾을 수 있는 기회와 시간을 주지 않아. 어쩌면 인생에서 대학 4년이 그런 시간과 기회를 가질 수 있는 유일한 시기일 수 있어. 그 귀중하고 아까운 시간에 취업 준비에만 매달리는 건 너무 슬프지 않니? 자신이 무슨 일을 하고 싶은지, 어떤 일이 적성에 맞는지도 모르잖아. 적성 검사 결과가 자신의 적성을 알려 주는 게 아니거든. 그 일이 적성에 맞는지, 정말 하고 싶은지는 경험해 보지 않으면 알 수 없어. 옷이 내 몸에 맞는지 아닌지는 입어 봐야 알 수 있잖아. 쇼핑몰의 모델이 입은 것만 보고 나에게 어울리는지, 잘 맞는지 어떻게 알 수 있겠어? 그러니 조금이라도 경험해 보고 탐색해 봐야 해. 이런 과정을 생략한 채 취업 준비에만 매달리는 건 수맥이 있는지 없는지 확인도 안 해 보고 곡괭이질만 하는 것과 같아.

사실 취업 준비라는 게 좀 더 나은 '나사'가 되기 위한 노력일 뿐이야. 목표는 남들보다 더 많은 연봉을 받고, 더 안정적인 직장을 얻는 거고. 이 조건만 충족되면 만사가 해결될 것 같지만,

그건 사회 구조를 모르기 때문에 그렇게 생각하는 거야. 이제 앞으로는 직장이 아니라 직업이 중요한 시대가 될 거야. 지금까지는 어디에 소속되어 있는지가 중요하기 때문에 대기업 같은 큰 회사에 다니는 걸 선호했지. 하지만 대기업 같은 큰 조직의 구성원이 된다고 해서 그게 곧 내가 될 수는 없어. 아무리 뛰어나도 '나'라는 개인은 조직의 일개 나사일 뿐이거든. 조직의 수많은 나사에는 모두 유통기한이 있고, 언제든 다른 나사로 대체될 수 있어. 그리고 이 유통기한은 점점 짧아지고 있고, 수많은 대체품들과 늘 경쟁에 시달려야 하지.

나는 기성품의 나사가 되기 위해 뛰어드는 순간부터 패배자가 되는 거라고 생각해. 인생에는 승자도 패자도 없지만, 기성품의 세계에선 오직 하나의 승리자 외엔 나머지는 전부 패배자거든. 사실 지금의 승리자라는 것도 엄밀히 말하면 패배자의 자리를 잠깐 유보한 것일 뿐이야. 왜냐면 기성품의 세계에선 언제든, 무엇이든 다 대체 가능하니까 말이야. 우리가 열심히 공부하는 이유가 언제든 대체 가능한 나사가 되기 위한 게 아니잖아. 내가 너희에게 해 주고 싶은 말은 스스로를 기성품의 뛰어난 나사로 만들지 말라는 거야. 아무리 비싼 물건도 공장에서 찍어내는 건 명품이 될 수 없어. 세상에 흔하지 않은 자신만의 개성

148

을 가진 수제품만이 명품이 될 수 있지. 나는 너희들이 자신만의 색깔과 능력을 가진 수제 명품이 되었으면 해. 그래서 지금부터 너희가 가져야 할 인생 목표도 이렇게 잡았으면 좋겠어. 기성품 인생이 아니라 수제 명품 인생이 되는 것. 너희에게 꿈이 필요한 이유도, 꿈을 찾아야 하는 이유도 따지고 보면 같은 거야. 쉽게 대체 가능한 사람이 되지 않기 위한 것, 네 자신을 던질 수 있는 분야를 찾는 것, 바로 그것 때문이야.

꿈은 꿈이고, 진로는 진로라고 완전히 다르게 생각했어

인생의 의미는 모르는 세계를
제대로 알아 가는 것에 있지

나는 인간의 생활에 실질적인 도움을 주는 학문이 과학 분야라고 생각해. 과학의 발전이 없었다면 지금 우리들이 생활에서 사용하고 있는 자동차, 휴대 전화, 컴퓨터, 냉장고 같은 물건들은 세상에 나오지 못했을 거야. 이처럼 과학의 발전은 생활의 편리뿐만 아니라 예술 분야에서도 새로운 영역들을 탄생하게 해 주었어. 예를 들어, TV를 이용한 비디오 아트나 컴퓨터와 전

진짜 너의 꿈을 꿔라

자악기를 이용한 전자음악 같은 장르가 과학기술을 기반으로 탄생한 새로운 예술이라고 할 수 있지. 사진 역시 과학이 탄생시킨 대표적인 예술이야.

사진을 과학과 예술의 결합이라고 하는데, 그중에서도 천체 사진은 과학에 대한 의존도가 매우 높은 분야야. 지구 밖 머나먼 곳에 있는 별의 모습을 얼마나 생생하고 정확하게 표현할 수 있느냐가 천체 사진의 관건이지. 그래서 일반 렌즈가 아닌 망원경을 연결해서 찍는 거야. 일반 카메라 렌즈 가지고는 성운, 성

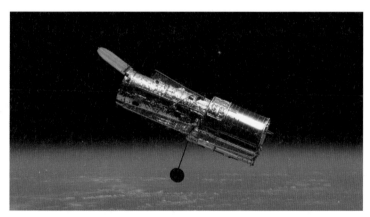

지구 상공 610㎞에서 지구를 돌며 천체를 관측하는 NASA의 허블 우주망원경이야. 1990년에 처음 지구 궤도에 올라갔는데 20년이 더 지난 지금까지도 우주 탐사와 천문학 분야 등에서 큰 공을 세우고 있어. ⓒNASA

단, 은하와 같이 아주 멀리 있고 희미한 천체의 모습을 담아낼 수 없거든. 우리들이 보는 천체 사진들은 대개 망원경으로 찍은 것들이야. 그렇다면 망원경이 좋을수록 좋은 사진을 찍을 수 있겠지. 하지만 개인이 아무리 좋은 망원경으로 찍는다고 해도 미국항공우주국NASA에서 지구 상공에 떠워 놓은 허블 우주망원경으로 찍은 사진보다 잘 나오기는 어려워. 바로 이 점이 천체 사진을 찍는 사람들이 부딪힐 수밖에 없는 장벽이야. 사진으로 보던 아름다운 대상을 내가 직접 찍어 봤다는 것에 만족하는 수준을 넘기는 어려워. 내가 아무리 부자라도 NASA와 장비 싸움을 할 순 없잖아.

사진을 처음 시작했을 땐 나도 '장비병'에 걸렸어. 사진에 재미를 붙인 사람들이 모두 걸리는 병이지. 특히 천체 사진을 찍는 사람들은 망원렌즈에 욕심을 많이 부려. 나도 비싼 대구경 망원렌즈를 사고 싶어서 안달이 났어. 충무로와 남대문, 을지로의 카메라 골목을 틈날 때마다 어슬렁거렸어. 하지만 아무리 열심히 아르바이트를 해도 카메라는 몰라도 망원경은 무리였지. 웬만큼 좋은 고급 망원경은 중형차 한 대 값은 우습게 들어갈 정도로 가격이 엄청 비쌌거든. 돈을 버는 직장인도 아니고 대학생 형편으론 도저히 감당할 수 없는 일이었지. 아르바이트로 번 돈을 다 털어 넣어도 NASA의 허블 우주망원경을 이길 수 없다는 걸 깨닫고 장비에 대한 욕심을 버렸어. 그리고 천체 사진은 당연히 망원경을 이용해서 찍어야 한다는 고정관념에서 벗어나기로 했어. 그때부터 사진에 대한 진지한 고민이 시작되었지.

어떤 사진이 좋은 천체 사진일까에 대한 고민을 많이 했어. 예쁜 사람을 찍으면 예쁜 사진이 나오고, 멋진 장소에서 찍으면 멋진 사진이 나오지만 그게 좋은 사진은 아니잖아. 물론 그렇게 생각하고 사진을 찍는 사람들이 많아. 사실 대부분의 사람들이 그 단계를 넘어서지 못해. 하지만 난 좋은 사진이 되려면 찍는 사람의 영감이나 의도가 담겨 있어야 한다고 생각했어. 즉, 독창성이 있어야 한다는 것이지. 천문 현상을 있는 그대로 생생하게 표현하는 게 아니라 '희귀한 천문 현상을 아름답게 표현하는 것'이 좋은 천체 사진이라는 생각이 들었어. 중요한 건 내가 밤하늘을 보고 어떻게 느끼는가, 또 내가 느낀 '경이로움'을 어떻게 사진으로 사람들에게 전달할 수 있을까 하는 거였어. 그래서 그때부터 망원경에 대한 강박을 버리고 일반 렌즈와 카메라로 밤하늘을 찍기 시작했어. 원래 이런 방식으로 찍는 건 천체 사진 초보자들이나 하는 것으로 인식되고 있었어. 밤하늘을 찍은 풍경 사진이라는 거지. 하지만 내 생각은 달랐어. 같은 천문 현상을 사진으로 담는 데도 여러 가지 방법이 있다고 생각했지. 수십 년에 한 번 달이 금성을 가리는 현상을 촬영한 사진을 예로 들자면, 망원경으로 그 순간을 기록할 수도 있어. 하지만 광각렌즈를 이용해서 전 과정을 표현할 수도 있지. 짧은 시간 동안에 달이 실제로 많이 움직였다는 사실이 한눈에 보이잖아. 게다가 아름답기도 하잖아.

사진에 대한 고민이 깊어지면서 체계적으로 공부해야겠다는 생각이 들었어. 혼자서 책을 보며 공부를 했지만 어느 지점에 도달하니까 한계가 보이더라고. 스스로 깨우치는 것도 좋지만 자칫 혼자만의 세상에 빠질 수도 있어. 그리고 인터넷에 떠도는 얕은 지식들로 뭔가 좀 알게 되었다고 생각하는 순간이 위험하거든. 그래서 나는 2학년 때 미대의 사진 수업을 신청했어. 중앙대학교 사진학과 교수님이 오셔서 강의를 하셨는데, 공대생이 미대에 와서 사진학 수업을 듣는 게 흔한 일은 아니었지.

당시에는 디지털카메라가 없어서 필름 카메라로 사진을 찍었어. 요즘엔 거의 다 디지털카메라라서 필름 카메라에 대해 잘 모르지? 필름 카메라로 찍으면 필름을 현상하고 인화를 해야 해. 이것도 수업 시간에 배우는데 나는 이미 독학으로 알고 있었지. 동아리의 관측소 안에 암실이 있었거든. 천체 사진뿐만 아

2012년 8월에 태백에서 촬영한 금성식 사진이야.
가까이에 있는 천체, 달이 멀리 있는 천체인
금성을 가리는 현상이지.
달 뒤로 금성이 사라졌다 나타나는 모습을 촬영해서
한 장의 사진으로 합쳤어.

니라 사진을 많이 찍는 사람들에겐 필름 값은 물론이고 현상 인화 값도 큰 부담이 되었어. 비용 문제뿐만 아니라 필름 현상과 인화 실력에 따라 사진의 질이 결정되기 때문에 직접 하는 사람들이 많아. 우리 동아리 사람들도 관측소 쪽방에 암실을 차려 놓고 필름 현상과 인화를 직접 했지. 나도 사진을 찍으면서 필름 현상과 인화를 많이 했었어.

이렇게 미리 실습을 많이 해 놓은 덕분에 다른 학과의 과목이지만 수업을 따라가는 데 별로 어려운 점은 없었어. 오히려 실습 면에선 미대 학생들보다 실력이 나은 편이었지. 특히 필름을 현상하고 인화하는 실력에 대해선 담당 교수님이 "정말 네가 한 게 맞느냐"고 물어보실 정도로 인정을 받았어. 실은 미리 실습을 많이 해 둔 덕분도 있었지만 그때 학교의 대형 암실에서 작업하는 데 재미가 들려서 암실에서 살다시피 했었거든. 관측실의 쪽방이 아니라 장비가 잘 갖춰진 대형 암실에서 좋은 인화기로 필름 작업을 해 보니 정말 작업할 맛이 나는 거야. 완전 물 만난 고기처럼 암실에서 놀았지. 확실히 자기가 원해서 하는 공부가 진짜 공부인 것 같아. 전공 수업은 들어도 모르겠는데 사진학 수업은 귀에 쏙쏙 들어오고 실습실에 있어도 지루하기는커녕 시간 가는 줄도 모를 정도로 빠져 있었으니 말이야.

평가에 겁내지 않고
과감하게 나만의 색을 추구했어

　미대 수업 중에는 기말시험을 이론이 아니라 실습으로 치르는 경우가 많아. 사진학 수업도 시험을 치르는 대신 직접 촬영하고 인화한 사진을 제출하는 것으로 기말시험을 대신했어. 문제는 그 사진이 보통 사진이 아니라 누드 사진이라는 것이지. 교수님이 누드 촬영으로 기말시험을 대신하겠다는 말이 떨어지자마자 강의실은 묘한 분위기가 되었어. 남학생들은 기대와 흥분이 섞인 음흉한 미소를 지으며 싱글벙글대고 여학생들은 난감한 표정을 지었어. 그런데 나는 기대는 고사하고 걱정이 앞섰어. 혹시 여자의 나체를 보고 신체 일부분이 과하게 작동하면 어떡하나, 그런 불상사가 일어날 경우에 대비해서 허벅지까지 오는 긴 옷을 입고 가면 감춰지지 않을까? 하는 쓸데없는 걱정을 하고 있었어. 그때까지 여자 손목을 잡아 보기는커녕 커피숍에서 여자와 단둘이 차 한 잔 마셔 본 적도 없는데 여자의 나체를 본다니……. 그것도 그냥 보는 게 아니라 촬영을 위해 세밀하게 관찰해야 한다는 게 부담스러웠지. 연애도 한 번 못 해 본 내게는 너무나 힘든 과제였어.

그런데 막상 촬영을 해 보니 나의 걱정들은 완전히 기우였다는 것을 알게 되었어. 음흉한 생각 같은 건 들 틈이 없을 정도로 사진을 찍는 데만 몰두하게 되더라고. 그때 인간의 몸이 얼마나 아름다운지 깨달았어. 누드 모델이 예뻐서가 아니라 살아 있는 생명이 가진 빛나는 아름다움이 느껴지는 거야. 그 아름다움을 표현하는 게 쉽지가 않더군. 누드 사진이라는 게 신체의 노출을 많이 하는 게 목적이 아니잖아. 더구나 흑백 필름이기 때문에 명암의 조화가 잘 이루어져야 좋은 사진이 나올 수가 있거든. 얼마나 열심히 사진을 찍었는지 옷이 땀에 흠뻑 젖어 버릴 정도였어. 촬영이 끝나자 격렬한 운동을 한 것처럼 온몸에 힘이 쭉 빠지면서 기분 좋은 나른함이 몰려오는데, 아마도 그 기분이 카타르시스였던 것 같아. 그렇게 열심히 찍은 덕분에 기말시험에 꽤 높은 점수를 받았어. 교수님이 인화 결과에 대해 칭찬을 해 주셨는데, 그때 교수님한테 받은 칭찬이 내게 많은 자신감을 심어 주었던 것 같아. 나와 비슷한 수준의 사람들이 아니라 전문가의 인정을 받았으니까 말이야.

하지만 천체 사진 분야에서 내가 찍은 사진은 여전히 인정을 못 받고 있었어. 별이 있는 풍경 사진이지, 천체 사진이 아니라는 것이지. 망원경으로 찍어야만 천체 사진으로 여겨지던 시절이었으니까. 동아리에서도 내 사진과 비슷하게 찍으면 '오철류의 사진'이라고 불렀어. 정통 천체 사진이 아니라는 비하의 의미가 담겨 있었지. 그렇지만 내겐 사진에 대한 내 나름의 확신이 있었어. 예전엔 일반 사진 분야에서도 비싸고 구하기 힘든 대구경 망원렌즈로 찍은 사진들이 공모전에서 좋은 상을 받았지만 점점 장비의 효과보다는 작품성을 따지는 추세로 흐르고 있었거든. 미국이나 일본 같은 천문 선진국의 천체 사진 공모전에서도 망원경으로 찍은 사진이 대상을 받는 일이 거의 없어지고 있었어. 기술뿐만 아니라 독창성과 예술성까지 갖춘 사진이 좋은 평가를 받고 있었지. 그러니까 내가 당시 우리나라 주류보다 조금 앞서 나가고 있었던 거야.

원래 앞서 나가면 비난과 질시를 받을 수밖에 없어. 사람들은 자신이 알고 있는 익숙한 것들을 더 좋아하거든. 그래서 새로운 것에 거부감을 가지는 경우가 많지. 하지만 기존의 익숙한 것에만 머무르다 보면 자신도 모르는 사이 퇴보를 하게 돼. 왜냐면 주류라는 것도 결국 시간이 가면서 바뀌기 마련이거든. 어제의 비주류가 내일의 주류가 되는 일은 역사가 증명하는 거잖아. 결국 얼마 안 가서 우리나라 천체 사진의 분위기도 바뀌기 시작했어. 2003년도에 한국천문연구원이 주최하는 천체 사진 공모전

2002년 학암포에서 촬영한 사진으로
이듬해 천체 사진 공모전에서 대상을 받았어.
우리나라에서 일주 사진으로 대상을 받는 날이
이렇게 빨리 오리라고는 생각하지 못했는데,
확실히 흐름이 변하고 있다는 증거였어.

에서 내가 제출한 **일주***사진이 대상으로 뽑힌 것만 봐도 흐름의 변화를 알 수 있지. 내 예상보 단 빠른 변화였어.

우리 동아리에서도 변화의 흐름들이 조금씩 나타났지. 동아리에서 해마다 천체 사진 전시회를 하는데, 해마다 내 사진이 차지하는 비율이 점점 높아지는 거야. 그러다 4학년 때 열린

전시에서는 내 사진이 절반을 차지했어. 거의 개인전이나 다름없는 분위기가 되었지. 그러면서 어느 순간부터 '오철류의 사진'이라는 말에서 비하의 의미가 사라지더군. 요즘은 그런 단어가 더 이상 사용되지 않을 정도로 천체 사진에서 망원경을 쓰지 않는 경우가 많아졌지.

세상에 내 꿈을 보여 줄
기회가 주어졌어

4학년 때, 졸업을 코앞에 두고 개인전을 열 기회가 찾아왔어. 사실 찾아왔다기보다는 맨땅에 헤딩한다는 심정으로 부딪쳐

본 거야. 당시 삼성그룹에서 독일의 유명한 카메라 회사인 '롤라이'를 인수하는 등 상당히 의욕적으로 카메라 사업을 추진하면서 강남 테헤란로에 삼성포토갤러리라는 커다란 전시장을 만들었어. 시설도 좋고 권위 있는 기관이다 보니 아무나 전시할 수 있는 것은 아니었어. 1년 전부터 포트폴리오를 제출해 놓고 선정되기만을 기다려야 했지. 사실 정식으로 작가 데뷔를 한 것도 아니고, 사진을 전공한 것도 아닌 일개 대학생 신분으론 감히 엄두도 못 낼 곳이었지. 사진 좀 찍는다는 작가들도 물 먹는 일이 많았으니까.

하지만 나는 자신이 있었어. 이유는 알 수 없지만 해 볼 만하다는 자신감! 사실 시험을 쳐서 떨어져 본 적이 없기 때문에 당연히 그렇게 생각했을 수도 있어. 좀 재수 없어 보이니? 하지만 이렇게 생각해 봐. 서울대 학생들은 적어도 공부에서만큼은 최선을 다해서 뭔가를 성취한 경험이 있어. 나 역시 그랬고. 그게 아주 중요한 거야. 한번 해 보고 나면 그 맛을 알게 되거든. 그런 것들이 계속 누적되면 자신을 믿을 수 있게 되는 거야. 꼭 공부가 아니라도 좋으니 최선을 다해서 어떤 작은 성취감이라도 꼭 맛봤으면 해. 살다 보면 최선을 다했는데도 결과가 좋지 않을 경우도 있어. 그런데 그때는 의외로 담담해져. 오히려 최선을 다

하지 못했을 때 스스로에게 화가 나지. 아무튼 그때도 나는 최선을 다한 거니까, '안 되면 말고!' 했던 거지. 그런데 정말 삼성 포토갤러리에서 내 사진을 전시하겠다는 연락이 온 거야. 그것도 새해 첫 전시로 말이야. 시시한 작은 전시관이 아니라 삼성 포토갤러리 같은 큰 전시관에서 내 개인전을 할 수 있는 절호의 기회가 생긴 거지.

무엇보다도 다행인 것은 돈이 거의 들지 않는 것이었어. 사람들이 개인전을 하고 싶어도 포기하는 이유가 비용 때문이거든. 대관료도 비싼 데다 사진 인화하고 액자 만들고, 도록 제작에 오프닝 행사까지 하려면 돈 천만 원은 기본으로 들지. 그런데 거기에서는 액자까지 모두 지원해 줬기 때문에 나는 사진만 준비하면 되었어. 돈이 많이 들어가는 도록 제작과 오프닝 행사는 생략하고 작품을 준비하는 데만 썼는데도 50만 원이나 들었지. 하지만 아마 그 돈을 가지고 대규모 전시관에서 개인전을 연 사람은 우리나라에서 나밖에 없을 거야.

전시 액자는 전시장에서 마련해 준 덕분에 비용이 들지 않았지만 대신 인화하는 데는 고생을 좀 해야 했어. 액자 크기는 모두 같은데 사진 크기는 조금씩 다 달랐거든. 그러니까 사진을 모두 액자 크기에 맞춰야 하는 거야. 요즘처럼 포토샵으로 디지털

처리하던 시대가 아니어서 가로 세로 비율에 맞춰서 0.5mm 단위로 일일이 조정해야 했어. 컬러 사진은 충무로에 있는 전문 업체에 인화를 의뢰했지만 흑백 사진은 내가 직접 작업해야 했지. 그런데 나는 개인 암실이 없잖아. 할 수 없이 내 방에다 확대기를 설치하고 빛이 안 들어오게 창문을 커튼으로 가리고, 이곳저곳을 청테이프로 붙인 후 작업을 했어. 현상액에 담그고 물로 씻는 건 화장실에서 해야 하기 때문에 화장실 청소도 열심히 했지.

그렇게 며칠 동안 잠도 못 자고 작품을 만들어서 드디어 전시회 전날에 액자 작업을 했어. 동아리 후배들의 도움을 받아 사진을 액자에 끼우고 정해진 자리에 거는 일이지. 쉬운 일 같지만 매우 섬세하고 꼼꼼하게 해야 돼. 잘못하면 사진에 손상이 갈 수 있거든. 사실 이것도 돈만 있으면 전문 업체에 맡기면 되지만 나는 그럴 형편이 안 되잖아. 돈이 없으니 몸으로 대신하는 거지. 그렇게 직접 전시 준비를 마친 후에 후배들과 함께 저녁을 먹었어. 그게 나에겐 오프닝 행사였지. 사진 전공자도 아니고 유명한 사진가도 아니니, 오프닝 행사를 한다고 해도 동아리 선후배들 빼곤 부를 사람도 없었고 와 줄 사람도 없었거든. 보통 오프닝 행사를 하는 이유가 평론가나 문화부 기자들, 다른 사진가들을 초대하기 위해서야. 그런 자리가 있어야 신문이나 방송, 잡지에도 전시회 소식이 나가기 때문이지.

　나는 운 좋게도 옆 전시관에서 열린 유명 사진가의 덕을 봤어. 삼성포토갤러리에서 그해에 첫 번째로 열리는 전시라서 일본의 유명한 다큐멘터리 사진가인 '구와바라 시세이'의 전시회가 열리고 있었거든. 그래서 평론가와 기자들, 우리나라 사진계에서 내로라하는 유명한 사진작가들이 모두 와 있었던 거야. 그분들이 시세이 작가의 작품을 본 후, 옆에 있던 내 전시에도 오셔서 방명록에 이름을 남겨 주었어. 그걸로 끝이 아니라 사진계 원로이신 홍순태 선생님은 〈사진예술〉 잡지에 내 전시회에 대한 호평을 써 주시기도 했어. 갤러리 관장님도 내 작품에 대해 호평을 해 주시며 판매에 대한 기대를 갖기도 하셨어. 하지만 한 점도 팔리지 않았지. 그래도 나는 조금도 서운하거나 아쉽지 않았어. 판매에 대한 기대 같은 건 애초부터 없었거든. 그저 내 사진이 좋은 전시관에 걸린 것만으로도 기쁘고 행복했어.

내 꿈은 별과 사진이었지만
내 진로는 배를 만드는 엔지니어였어

삼성포토갤러리라는 대규모 전시관에서 개인전을 여는 행운을 누리며 나는 사진가로 데뷔를 했어. 사진가를 꿈꾸는 이들에겐 정말 꿈과 같은 일을 해낸 거지. 그런데 나는 이것을 직업으로 삼을 생각은 전혀 하지 않았어. 왜냐면 나는 꿈과 밥벌이를 위한 직업은 서로 다른 것이라고 생각했거든. 꿈은 그냥 내가 좋아하는 일이지 돈을 버는 직업은 될 수 없다는 고정관념이 있었어. 꿈은 현실과는 무관한 그냥 꿈일 뿐이라는 거지. 나중에서야 그런 생각들이 어른들에게 길들여진 것이라는 걸 알았어.

그럴 수밖에 없는 게 나는 자신의 꿈과 직업을 일치시키며 사는 사람을 본 적이 없었거든. 내가 아는 삶의 모습 중에서 자신의 꿈을 드러내고 거기에 충실하게 사는 사람은 없었어. 모두들 사회로 나가는 순간부턴 있던 꿈도 버리고 안정된 생활을 위해 안정된 직업을 선택하는 걸 당연하게 여겼던 거야. 어른들의 그런 모습밖에 못 봤기 때문에 나도 어른이 되면 그렇게 해야 되는 거라고 믿었어. 그게 어른의 올바른 삶의 방식이라고 여겼지. 내가 경험해 보지 않았기 때문에 어른들의 말을 일단 믿을 수밖에 없었어. 계속 말하지만, 사람은 자신이 경험하지 못한 것에 대해선 정확하게 판단할 수 없으니까.

그래서 난 아무런 미련 없이 입사가 예정되어 있는 거제도의 조선소로 내려갔어. 내 꿈은 별과 사진이지만, 나의 인생 진로는 배를 만드는 엔지니어였거든. 어렸을 때부터 엔지니어인 아버지의 모습을 봐 왔기 때문에 그런 생활에 대해선 아주 잘 알고 있고 익숙했어. 물론 직접 경험해 보지 못했지만 아버지를 통해 엔지니어의 생활이 어떤 것인지 알 수 있었거든. 그래서 나는 내가 엔지니어로서 사는 것을 즐거워하고 또 잘할 수 있을 거라고 당연하게 생각했어. 그래서 장차 조선소의 사장이 되겠다는 야망도 가졌지.

아무런 경험이 없는 사회 초년생들은 '열심히 노력하면 나도 사장이라는 자리에 오를 수 있을 것'이라고 한 번쯤 생각하게 되는 것 같아. 그 일이 내게 맞는지, 그 조직에서 잘해 낼 수 있는지도 모른 채 말이야. 한마디로 뭘 모르기 때문에 가질 수 있는 야망인 거지. 실제로 사원에서 사장이 되는 경우는 몇 만 명의 직원 중에서도 몇 년에 한 명 나올까 말까 할 정도야. 게다가 이제는 한 직장에서 일을 시작해 정년까지 계속 일하는 경우도 정말 드물어. 드문 정도가 아니라 거의 없다고 볼 수 있지.

그런데 장차 사장이 되겠다는 신입 사원의 야망은 출발부터 삐거덕거리기 시작했어. 이유는 내가 사랑하는 '별' 때문이었지. 구체적으로 이야기하자면 하쿠다케 혜성 때문이었어. 당시 신입 사원 연수가 용인에서 있었는데, 하필 그 기간이 하쿠다케 혜성이 가장 잘 보이는 시기와 겹치는 거야.

과학 시간에 혜성에 대해 들어 봤지? 혜성의 크기는 소행성과 비슷한데, 얼음과 먼지가 엉겨 붙은 핵을 가지고 있어. 태양에 가까이 오면서 표면이 녹기 시작해, 핵을 둘러싼 코마와 꼬리가 발달하게 되지. 하쿠다케 혜성은 1996년 1월에 일본인인 하쿠다케가 발견했는데 맨눈으로도 긴 꼬리가 보일 정도로 엄청난 혜성이었어. 게다가 다음 해인 1997년엔 세기의 혜성이 될 것이라고 예측된 헤일-밥 혜성이 오기로 예정되어 있어서 혜성에 대한 관심이 굉장했어. 연일 혜성에 대한 기사가 나올 정도였거든.

천체 사진을 찍는 사람들에게 이런 대혜성을 직접 찍을 수 있는 기회는 그리 많지 않아. 살면서 몇 번 있을까 말까 한 이벤트이지. 이런 절호의 기회를 '별'과 '사진'을 가슴에 품고 있는 내가 놓칠 순 없잖아. 그래서 연수원 버스를 타지 않고 내 차에 촬영 장비들을 가득 싣고 연수원에 따로 갔어. 원래 연수 같은 거할 때엔 다 같이 모여서 버스를 타고 입소하거든. 처음부터 회사에 찍힐 짓을 한 거지. 다행히 이 일은 별 탈 없이 넘어갔지만 더 큰 문제가 생겼어. 연수 기간 내내 밤에 외출을 못한다는 거야. 2주간의 연수 기간 동안 밤에는 물론이고 주말에도 외출 금지라는 거지. 군대 신병 훈련소에 들어간 것과 다름없었지. 내 생각엔 부당한 처사 같았어. 그래서 연수 담당자에게 따졌지.

나 : (손을 불쑥 들고)
밤에 외출하지 말아야 할 특별한 이유가 있습니까?

담당자 : ('이 자식이 돌았나' 하는 표정으로 떨떠름하게)
연수원 내에선 규칙상 밤에 외출하는 게 금지되어 있습니다.

나 : (담당자의 싸늘한 표정에도 아랑곳하지 않고)
그럼 주말에도 외출을 못하게 하는 이유는 뭡니까?

담당자 : ('너 지금 덤비는 거냐?'라는 짜증 나는 시선으로 노려보며)
주말 외출 역시 규칙상 금지되어 있습니다. 불편하더라도 연수 기간 내엔 연수원의 규칙을 잘 지켜 주십시오.

나 : (끝까지 해 보겠다는 의지로)
자유 시간이 허락되지 않는다는 건 업무의 일종이기 때문입니까? 그렇다면 야간과 휴일 근무 수당은 나옵니까?

담당자 : (황당한 표정을 지으며)
그건 아닙니다만 굳이 밖에 나가야 할 일이라도 있습니까?

나 :   (의기양양하게)

         네, 하쿠다케 혜성이 오기 때문에 촬영하러 나가야 합니다.

담당자 :   ……?!

결국 외출 허가를 받지 못했어. 아무튼 혜성을 보려면 밤에 잠깐이라도 나가야 했어. 그래서 할 수 없이 무단 외출을 해 버렸지. 사정을 해도 말이 통하지 않으니 어떡하겠어. 연수원 문 앞에서 막는 경비 아저씨한테도 "근처에서 보고 올 거니까 알아서 하시라"는 말을 남기고 그냥 나가서 봤지. 하쿠다케 혜성을 보려면 그 방법밖에 없는 걸. 하마터면 그 일로 연수원에서 잘릴 뻔했어. 그랬다면 입사도 취소됐겠지. 다행히 잘리지는 않았지만, 나는 그 일로 요즘 너희가 하는 말처럼 '또라이'로 찍혀 버렸어.

사람들에겐 회사를 잘릴 것까지 감수하면서 혜성을 보러 나가는 나의 행동이 이상하게만 보였나 봐. 그들에게 혜성 같은 건 TV 뉴스나 신문 기사의 사진으로 보면 충분한 거였거든. 굳이 힘들게 오밤중에 나가서 몇 시간 동안 기다리면서 볼 만한 일이 아니라고 생각하는 거지. 그런 건 천문학자나 우주에 대해 연구하는 특별한 사람들의 일로만 여겼어. 사실 그들에게 혜성 같은

신입 사원 연수 때 연수원 앞에서 촬영한 하쿠다케 혜성이야. 별과 사진은 내가 회사에서 잘릴 것을 감수하면서까지 꼭 지키고 싶은 꿈이었어.

하쿠다케 혜성이 온 다음 해인 1997년, 거제도에서 찍은 헤일-밥 혜성이야. 부산 하늘 위로 긴 꼬리를 휘날리며 지나가고 있어. 1997년 이전에는 단군시대 때 볼 수 있었는데, 앞으로는 약 2300년 뒤에나 볼 수 있다고 해. 우주의 주기와 비교하면 인간의 삶은 참 짧게 느껴져.

건 중요한 일이 아니잖아. 하쿠다케 혜성이 오든 말든 그들에겐 별 상관없는 일이거든. 아마 세상 사람들 대부분 그럴 거야. 하지만 나에겐 아주 중요한 일이었어.

나에겐 중요한 일이 그들에겐 하찮은 일이라는 이 차이가 회사 생활을 하는 내내 나를 괴롭혔어. '또라이'라는 말을 듣거나 내가 중요하게 여기는 것을 이해받고 인정받지 못하기 때문에 괴로운 게 아니었어. 근본적인 이유는 내가 좋아하는 것, 중요하게 여기는 것들을 지키기조차 어려웠기 때문이야. 회사 생활에서 모든 것의 우선순위는 회사 일이거든. 당연한 일일 수도 있지만 그 외의 것은 언제나 미뤄도 되고, 안 해도 무관한 걸로 치부해 버려. 회사 일과 관련되지 않은 것들은 모두 하찮게 여기지.

그래서 그 속에 있다 보면 어느 순간, 나도 그들처럼 내게 중요한 것들을 하찮게 여겨야 하는 순간이 와. 그것도 아주 자주, 아주 많이. 왜냐면 우리나라 노동 문화는 선진국에 비해 아직 후진적이라, 사용자는 노동자에게 월급을 주면 정해진 근무 시간을 무시하고 계속 일하게 만들어도 된다고 생각하는 경우가 많거든. 그래서 불행히도 우리나라는 통계적으로 세계에서 가장 오랜 시간 동안 노동을 하는 나라야. 그렇게 회사 일에 모든 시간을 쏟아 붓고 나면 내가 좋아하는 것들을 할 수 있는 여력이 남지 않아. 시간도 에너지도 부족해지거든. 그저 별을 보러 가고, 사진을 찍고 싶다는 마음만 남을 뿐이야. 하지만 그 마음을 현실로 실현하기엔 어려움이 너무 많지. 그래서 회사 생활을 하는 동안엔 쓸 만한 사진을 1년에 한 장 건지기도 힘들었어. 두 번째 개인 전시회를 11년 만에 열게 된 것도 이런 이유 때문이야.

회사에 다니며 번 돈으로 내가 좋아하는 별을 찍으며 살겠다는 사회 초년생 시절의 생각이 얼마나 순진하고 무모한 것인지를 회사 생활을 하면서 실감했지. 그게 얼마나 큰 착각이었고, 오만한 발상인지 회사 생활을 하면 할수록 깨달아 갔어. 어렸을 때 나는 어른들은 원래 아무 꿈도 없을 거라고 생각했어. 꿈이란 건 아이들만 가지는 거라고 믿었지. 어른들은 나에게 "네 꿈이 뭐냐?"고 묻지만 한 번도 자신의 꿈에 대해 말해 주지 않았으니까. 그리고 '어른이 되면 행복해지지 않는 걸까' 하는 생각도 들었어. 어른들은 '죽지 못해 산다'거나, '벌어먹기 위해 어쩔 수 없이 일한다'라는 말을 너무나 자주 하셨거든. 내 주변에 있던 어른들 중 자신의 일에 만족하고 보람과 행복을 느낀다고 말하는 사람이 아무도 없었지. 나는 어른이 되면 그게 아주 당연한 거라고 생각했어. 하지만 한 번도 왜 그런지는 생각해 보지 못했어. 그들이 왜 행복하지 못한지, 어떤 과정으로 그들이 꿈

진짜 너의 꿈을 꿔라

을 버리게 되었는지 생각조차 해 본 적이 없었거든. 그러다 내가 회사 생활을 하면서 그 이유를 알게 되었어. 그리고 그들처럼 나도 점점 불행한 어른이 되어 갔지.

어쩌면 나도 다른 사람들처럼 별에 대한 꿈을 적당히 포기하고 버렸더라면 좀 더 편안해졌을지도 몰라. 밥벌이를 위한 일과 내가 좋아하는 일 사이에서 갈등하고 고민하지 않아도 되니까. 하지만 그런 고민이 없다면 편해지는 게 아니라 더 불행해질 뿐이라는 걸 깨달았어. 또 그때 알았지. 나는 별을 찍을 때 무척 행복해진다는 것을. 고등학교 때 별을 보며 답답한 시간들을 견딜 수 있었듯이, 이 힘든 회사 생활을 견디게 해 주는 유일한 환기구가 별을 찍는 일이라는 걸 깨달았어.

그렇게 내 인생에서 가장 중요한 사실을 깨달았지만 바로 실행에 옮기진 못했어. 나는 이미 어른이 되어 버렸기에 꼬박꼬박 월급이 나오는 '좋은 직장'을 버리는 게 정말 쉬운 일은 아니거든. 사람에게도 관성의 법칙이 적용돼. 마음은 정말 그렇게 하고 싶었지만 현실로 옮길 용기를 내는 게 쉽지 않았어. 내가 사랑하는 별을 선택하는 동시에 잃어야 할 많은 것들이 생각났어. 나는 많은 사람들이 가고 싶어 하는 큰 회사에서 일했어. 또 사람들이 부러워할 만큼 많은 연봉을 받았지. 즉, 나는 별을 찍으면서 얻는 행복을 많은 연봉, 타인의 부러움 등과 맞바꾸고 있었던 거야.

사람들은 돈이 많으면 행복해질 거라고 생각해. 그런데 정말 그럴까? 난, 그건 돈이 많다는 결과만 가지고 봤기 때문이라고 생각해. 돈을 쓸 때는 기분이 좋지. 내가 원하는 걸 가질 수 있으니까. 하지만 그 돈을 벌기 위해 썼던 시간들을 한번 생각해 봐. 돈을 벌기 위해 일하는 시간이 즐겁고 행복하지 않은데, 인생이 행복할 수 있을까? 사실 돈을 쓰는 시간은 짧지만, 돈을 벌기 위해 일하는 시간은 아주 길거든. 그 긴 시간을 내가 원하지도 않는 일을 마지못해 하며 보내면서 내가 갖고 싶은 것을 사는 즐거움은 아주 짧게 누리는 게 손해라는 생각이 들지 않아?

요즘 취업도 힘들고 정년 보장이 안 된다는 이유로 많은 사람들이 공무원 시험에 매달리고 있어. 그런데 그들이 공무원에 대해 뭘 알고 있을까? 그들이 알고 있는 건 중간에 잘리지 않고 정년이 보장되고, 어쨌든 매달 월급이 나오고 퇴직 후엔 연금을 받을 수 있다는 결과뿐이야. 결과만 봤을 땐 매우 만족스러울거야. 하지만 그 결과를 얻기 위해 매일매일 겪어야 할 공무원으로서의 생활은 전혀 모르지. 내가 정말 그 일을 원하는 건지, 나에게 맞는 일인지 별로 알아보려고 하지 않아. 물론 그 생활을

진짜 너의 꿈을 꿔라

직접 겪어 보지 않고는 알 수 없지. 나도 회사 생활을 직접 해 보기 전까진 잘 몰랐으니까. 그러다 그 생활에 뛰어들어 보면 결과보다 과정의 엄중함을 깨닫게 되는 거지.

이런 고민과 갈등을 안고서도 나는 몇 년이나 더 '대기업 권 과장'으로, 또 '권 차장'으로 살아야 했어. 뭔가 결단을 내리고 싶었지만 여전히 용기가 부족했거든. 사실 내가 선뜻 용기를 내지 못한 가장 큰 이유는 자신의 꿈을 선택하고 행복하게 사는 사람을 보지 못했기 때문이야. 먼저 자기 눈으로 보게 되면 '나도 해 봐야지' 하는 용기를 가질 수 있거든. 어쨌든 본 게 있으니까 겁이 별로 안 나는 거지. 그래서 주변에 내가 하고 싶은 것을 나보다 먼저 경험한 사람이 있으면 좋아. 그렇게 살아도 괜찮은지, 그런 삶은 어떤 것인지 알아볼 수 있는 롤모델이 필요한 거지. 그러다 2009년에 드디어 그런 사람들을 만나게 되었어. 자신의 꿈을 당당히 보여 주고 거기에 충실하게 사는 사람들이 있다는 걸 확인했지. 그것도 자신의 삶에 만족하고 행복해하며 사는 사람들 말이야. 그것을 확인한 이상 이제 나도 더 이상 주저할 이유가 없었어.

동이 트는 여명 속에 조선소의 크레인들이 줄지어 서 있어. 헤일–밥 혜성을 촬영하고 출근을 위해 돌아가다 찍었는데, 왠지 처연한 분위기가 나지 않니? 난 그 이후로도 낮에는 일하고 밤에는 천체 사진을 찍는 일을 10년이 넘게 계속했지.

너무
멀리 있는 꿈은
진짜 꿈이
아니야

타임랩스 촬영 기법이
내 꿈을 단단히 받쳐 주고 있지

진짜 꿈이 주는 행복이
바로 이런 거였어

세상에서 제일 만족도가 높은 직업이 뭔지 알아? 어떤 기관에서 조사했는데 1위가 바로 '사진가'라고 해. 세상의 아름다운 풍경들을 많이 볼 수 있고, 멋진 사람들도 만나면서 자신이 표현하고 싶은 것을 사진이라는 결과물로 만들어 내잖아. 자신이 진짜로 하고 싶은 일을 하면서 돈을 버는 직업이 사진가거든. 남들은 돈을 주고 가야 하는 곳을 사진가들은 돈을 받고 가는

내가 찍은 사진과 영상들로 꾸며진 대전시민천문대의 전시실이야. 전업 사진가가 되고 나서 맡은 첫 번째 작업이었지.

거지. 그런데 그보다 더 중요한 이유가 있어. 세상의 사진가들은 대개 그 직업이 너무 좋아서 스스로 선택했다는 거야. 사실 사진가가 어른들이 좋아하는 의사나 판검사처럼 돈과 권력이 주어지는 직업은 아니잖아. 하지만 다른 이유가 개입되지 않고 오직 내가 그 일이 정말 좋아서 선택했기 때문에 만족할 수밖에 없는 거지. 그들에겐 자신이 좋아하는 일을 하면서 남에게 인정도 받고 돈도 벌 수 있다는 그 자체가 굉장히 행복한 거야. 나도 전업 사진가가 되고 나서야 그게 얼마나 행복한 일인지 실감할 수 있었어.

　내가 그 행복을 처음 맛본 곳은 대전시민천문대였어. 천문대

내부 전시실을 새로 꾸미면서 그곳에 들어갈 사진과 영상을 제작하는 작업을 의뢰받았어. 교육적인 시설이기에 아름다운 영상도 중요하지만 과학적인 설명도 중요했지. 대형 TV를 이용한 영상과 오로라와 별의 일주운동을 설명하는 사진들로 전시실을 꾸몄어. 관람객들이 내 작품을 보고 뭐라고 말할지 궁금하기도 하고, 한편으로는 걱정도 되고 설레기도 했지. 다행히 천문대를 찾은 사람들은 밤하늘이 시시각각으로 변화하는 영상에 많은 관심과 호응을 보여 주었어. 그 모습을 한쪽에서 지켜보는데 어찌나 기쁘고 행복하던지. 내가 만든 전시물을 1년에 10만 명이 찾아와서 보고 가는 거지. 그 후로 각 지자체에서 운영하는 천문대나 천문 우주 관련 시설에 내 사진과 영상이 전시되었어. 아마 너희들이 이미 본 천체 사진 중에도 내 사진이 많이 있을 거야.

그런데 말이야, 직업의 세계에서는 하나의 기술만 가지고는 버티기 힘들어. 특히 요즘은 융합의 시대라서 어떤 직업이든 몇 가지 능력을 갖추기를 요구하고 있거든. 그래서 나는 내 능력을 더 돋보이게 해 줄 타임랩스 촬영 기법이라는 비장의 무기를 개발해 두었어. 타임랩스 기법에 대해선 뒷부분에서 좀 더 자세히 설명할게. 요즘 사진과 영상 기법에 관심 있는 친구들이 많기에 아주 실제적인 정보를 주는 것도 좋을 것 같아서 말이야.

그런데 이 타임랩스 촬영 기법이 요즘 흔히 하는 말로 '대박'인 거야. 이 비장의 무기 덕분에 천체 사진뿐만 아니라 각종 다큐멘터리와 홍보 영상, 광고 영상 분야에서 작업 의뢰가 많이 들어왔어. 이제 우리나라에서도 영상물을 제작할 때 타임랩스를 쓰는 일이 많아졌거든. 너희들이 보기에 TV 화면에 나오는 영상들은 모두 영상용 카메라로 그냥 찍은 것 같지? 그런데 내부를 자세히 들여다보면 영상 제작에도 많은 기기들이 다양하게 쓰이면서 발전하고 있다는 걸 알 수 있어.

다양한 효과를 나타내기 위해 영국 BBC 같이 다큐멘터리를 전문적으로 제작하는 곳에서는 항공 촬영과 초고속 촬영, 그리고 타임랩스 같은 특수 촬영 기법을 많이 사용해. 항공 촬영은 비행기나 헬리콥터에 직접 탑승해서 촬영하거나 무선으로 조종하는 비행체에 카메라를 달아서 촬영하는 기술인데, 위에서 내려다본 광활한 화면을 얻을 수 있어. 초고속 촬영은 카메라를 아주 빨리 돌려서 촬영하는 건데, 물방울이 튀는 순간이나 빠르게 움직이는 물체를 실제 움직임보다 아주 천천히 보여 주는 영상에 많이 쓰여. 그리고 천천히 움직이는 것을 빠른 영상으로 보여 주는 기법이 타임랩스야. 우리나라에서도 예전부터 타임랩스 기법을 간간히 사용하기는 했어. 빠른 속도로 싹이 트고

꽃이 피는 영상을 본 적이 있을 거야.

　그런데 이 타임랩스 영상은 환한 낮이나 조명을 써서 촬영한 경우에만 사용할 수 있었어. 밤하늘을 찍거나 빛이 없는 환경에서 촬영한 사진에는 쓰기 힘들었어. 밤하늘은 일반적인 비디오 카메라로는 촬영이 안 되거든. 디지털카메라로 장시간 노출을 주고 별을 연속으로 많이 찍은 후, 타임랩스 작업을 해야 밤하늘을 영상으로 만들 수 있어. 다큐멘터리나 광고에 나오는 별이 쏟아질 듯 흘러가는 장면들은 모두 타임랩스 기법으로 촬영한 거라고 보면 돼.

　이런 이유로 2010년, 타임랩스를 다룰 수 있는 나에게 비무장지대DMZ에 대한 다큐멘터리를 기획하고 있는 방송국에서 작업 의뢰를 해 왔어. 서해안의 임진강 하구에서 동해안의 강원도 고성에 이르는 총 길이 248km의 군사분계선을 따라 DMZ의 모습을 찍는 다큐멘터리였어. 나는 주로 타임랩스를 이용한 야간 촬영을 맡았어. 낮에는 햇빛이 있으니까 그냥 영상용 카메라로 찍으면 되지만 밤에는 그냥 카메라로는 촬영이 안 되거든. 드라마나 영화처럼 다큐멘터리 촬영을 할 때도 조명을 쓰기는 해. 그런데 거기는 DMZ라는 특수한 지역이라서 야간 촬영을 위해 조명을 쓸 수가 없었어. 그래서 나 같은 천체사진가가 투입된 거

이 철조망을 경계로 남과 북이 갈라져 있어. 저 구름은 그 사이를 넘나들 수 있지만 사람은 갈 수 없는 현실이 가슴 아팠어.

지. 천체사진가들은 밤하늘처럼 빛이 부족한 상태에서 어두운 대상을 찍는 기술과 경험들이 많거든.

그래서 다른 사람들은 자고 있을 때 나 혼자 돌아다니면서 촬영을 했어. 저 멀리 불빛이 깜빡거리는 북녘 땅을 바라보며 분단을 아픔을 실감하면서 열심히 카메라를 들여다보고 있었지. 그런데 갑자기 "움직이지 마! 움직이면 쏜다. 암구호를 대라!"라는 영화에서나 들어 본 대사가 들려오는 거야. 깜깜한 밤에 군인들이 총을 겨누니 내가 얼마나 놀랐겠어. 정말 귀신을 본 것보다

진짜 너의 꿈을 꿔라

철조망을 배경으로 별의 궤적을 기록한 사진이야. 타임랩스를 다룰 수 있다 보니 별 사진뿐만 아니라 야간 촬영이 필요한 곳에서도 작업 의뢰가 많이 들어오게 되었지. DMZ는 사람이 쉽게 들어갈 수 없는 특수한 지역이라 더 의미가 있었어.

더 놀랐어. 그래서 그만 암구호를 까먹어 버린 거야. 총을 든 병사들은 암구호를 대라고 자꾸 재촉하는데 머릿속이 하얗게 비는 것 같았어. 거긴 민간인 통제 구역이기 때문에 암구호 없이 함부로 돌아다니면 안 되는 곳이거든. 자칫하면 간첩으로 의심받을 수도 있어. 다행히 그 병사들은 다큐멘터리 제작팀이 들어왔다는 건 알고 있었어. 그래서 다큐멘터리 작업팀의 일원으로 촬영 중이라는 내 설명을 듣고 무전기로 확인만 하고 나서 그냥 보내 주었어. 안 그랬다면 나는 어디론가 끌려갔을지도 몰라.

이런 해프닝은 있었지만 DMZ 다큐멘터리에 대한 사람들의 반응은 무척 좋았어. 특히 내가 촬영한 야간 영상에 대해선 호평을 들었어. 철조망을 배경으로 해가 뜨고 지는 장면, 그리고 어둠 속에서 적막한 DMZ를 배경으로 수많은 별이 총총히 뜬 밤하늘이 아주 잘 표현되었다는 평이었어. 그전까지만 해도 야간에 촬영한 영상들은 사물도 분간이 안 되고 그저 어두컴컴하게만 보였거든. 타임랩스 기법이 이루어 낸 성과이지. 이 다큐멘터리가 나가면서 방송국이나 광고 회사에서 작업 의뢰가 많이 들어왔어. 그 후로 방송국 촬영팀과 함께 독도와 백령도, 백두산, 한라산 등 여러 곳을 돌아다녔지.

너희들 혹시 김연아 선수가 평창 올림픽 유치를 위해 프레젠테이션 하는 영상을 본 적 있니? 김연아 선수가 설명할 때 뒤에 흐르는 영상 중에 서울 도심을 배경으로 해가 뜨는 장면이 바로 내가 촬영한 거야.

이렇게 타임랩스 덕분에 내가 작업한 영상들이 많이 쓰이게 되면서 영상 분야에서 일하는 사람들 사이에서 내 이름이 많이 알려졌어. 하지만 대중적으로 알려진 사진가는 아니었지. 권오철이란 이름이 알려진 건 SBS에서 방영된 '오로라 헌터'라는 다큐멘터리 때문이야.

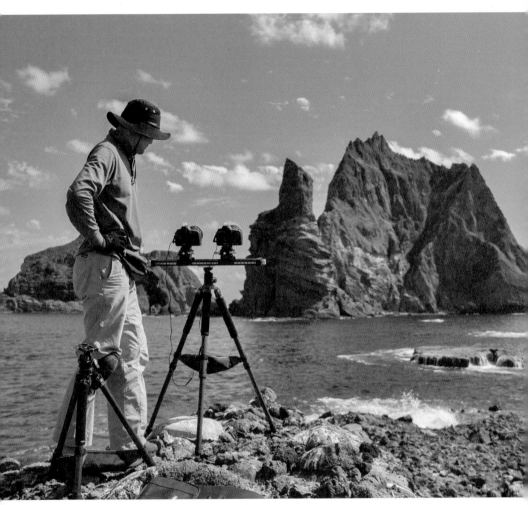

내가 타임랩스로 촬영하는 다큐멘터리는 사람들이 쉽게 갈 수 없는 곳을 주제로 한 것이 많아. 이 사진은 2013년, 〈대한민국 독도 3D〉라는 다큐멘터리를 촬영하러 갔을 때야. 삼각대에 카메라 두 대를 동시에 올려놓을 수 있는 장치를 이용해서 촬영하는 중이야.

사실 내가 '오로라 헌터'라는 다큐멘터리의 주인공으로 등장하는 건 처음부터 기획된 방향이 아니었어. 나는 그 다큐멘터리에서 오로라를 촬영하는 역할로 참여하게 되었지. 그런데 어찌어찌하다 보니 주인공이 되어 버린 거야. 이 다큐멘터리에 참여하게 된 건 박종우 PD님과의 인연 덕분이었어. 박종우 PD님과는 DMZ 다큐멘터리 작업을 함께하면서 인연을 맺게 되었는데, 그때 작업 성과가 좋아서 다시 일을 같이 하게 된 거지. 이렇게 하나를 잘해 내면 또 그 다음을 할 수 있게 돼.

다큐멘터리에 관심이 많은 사람이라면 '박종우'라는 이름 석 자는 다 알 정도로 우리나라에선 다큐멘터리 제작자로 아주 유명한 분이시지. 너희들이 혹시 2007년도에 SBS에서 방영한 '차마고도 1,000일 간의 기록, 캄'이라는 유명한 다큐멘터리를 알까? 차마고도는 중국 윈난성과 쓰촨성에서 시작되어 티베트, 인도, 파키스탄 등지를 거쳐 비단길로 이어지는 세계에서 가장 오래된 무역로야. 이 험하고 오래된 길을 찾아내서 다큐멘터리로 만든 분이 바로 박종우 선생님이셔. 이 선생님 덕분에 차마고도가 세상에 알려져서 지금은 수많은 사진가와 다큐멘터리 제작자들이 그곳을 찾고 있지.

이렇게 세상에 알려지지 않은 오지를 탐험할 정도로 전 세계

진짜 너의 꿈을 꿔라

에 안 가 본 곳이 없는 분인데 그때까지 오로라를 한 번도 못 보셨다는 거야. 그래서 오직 '오로라를 보고 싶다'라는 이유 하나로 오로라에 대한 다큐멘터리를 제작하기로 했어.

다큐멘터리를 제작하는 이유가 너무 시시하다고? 완성된 다큐멘터리를 보는 사람들은 그렇게 생각할 수도 있겠다. 뭔가 거창한 이유나 목적이 있어야 그렇게 많은 돈과 인력과 노력이 들어가는 작업을 할 수 있을 거라고 생각하지. 하지만 박종우 선생님이나 나처럼 콘텐츠를 생산하는 사람들에겐 개인적인 이유가 일하는 데 있어 굉장히 중요한 동기가 되기도 해. 내가 보고 싶은 게 있어야 다른 사람에게도 보여 줄 게 만들어지는 법이거든. 누군가에게 작업 의뢰를 받더라도 마찬가지야. 어디에 가서 무얼 찍어 달라고 해도 결국 내 눈에 들어오는 것, 내가 멋지다고 생각하는 걸 찍기 마련이야. 이건 사진이나 다큐멘터리뿐만 아니라 소설이나 영화, 드라마도 마찬가지야. 결국 작가나 감독이 만들고 싶은 걸 만드는 거지. 그래서 콘텐츠를 만드는 사람들에겐 무얼 보고 싶다든가, 무슨 이야기가 재미있겠다는 생각 자체가 아이디어야.

그렇다고 아이디어만 있다고 다 되는 건 아니지. 아이디어는 출발점이지 종착점이 아니거든. 그리고 종착점까지 가는 과정에서 어려움은 꼭 생기기 마련이야. 아이디어를 현실로 구현하기 위해선 돈과 인력과 기술 같은 많은 요소들이 필요하니까. '오로라 헌터'의 원래 줄거리는 젊은 친구들이 캐나다 북쪽의 대자연을 체험하고 마지막으로 오로라를 보고 감동하게 되는 일종의 리얼리티 프로그램이었어. 캐나다판 〈정글의 법칙〉 같은 거였지.

그런데 제작비가 너무 많이 드는 거야. 콘텐츠진흥원에서 좋은 방송 프로그램을 만드는 데 지원해 주는 사업에도 선정되어 제작비 지원을 받았지만 그것만으로는 턱도 없거든. 게다가 아웃도어 업체와의 후원 계약마저 불발되어 버려, 할 수 없이 이야기의 구성을 바꾸면서 오로라를 찍는 내가 주인공이 되어 버린 거야. 내가 오로라를 촬영하는 모든 과정을 촬영팀이 촬영해서 그 이야기로 프로그램을 만드는 거지. 내가 영상도 제공하고 주인공으로 출연도 하면서 두 가지 역할을 동시에 소화한 덕분에 제작 경비를 많이 아낄 수 있게 되었어. 덕분에 캐나다의 옐로나이프뿐만 아니라 예정에 없었던 북유럽의 노르웨이와 아이슬란드까지 갈 수 있게 된 거야.

이제 나도 조금씩
큰 꿈을 생각하기 시작했어

캐나다 옐로나이프Yellowknife는 그때까지 여섯 번이나 갔지만 북유럽은 처음이었어. 사람들은 내가 천체사진가라고 하니까 외국 여러 곳을 다녀왔다고 생각해. 그런데 사실 전업 사진가로 나서기 전까지 내가 해외 촬영을 가 본 건 중국과 캐나다의 옐로나이프뿐이었어. 회사를 그만두고 나서야 킬리만자로와 호주에 갔다 올 수 있었지. 하지만 북유럽은 경비도 너무 비싸고 먼 곳이잖아. 유럽에서 촬영할 수 있는 일거리가 생기기를 고대했지만 내겐 그런 일이 별로 주어지지 않았어. 그러다 '오로라 헌터' 덕분에 오매불망하던 북유럽까지 갈 수 있게 된 거지. 아마 사진가가 아니었다면 결코 오지 않을 기회였을 거야.

특히 아이슬란드는 사진가라면 누구나 가고 싶어 하는 꿈의 나라지. 리들리 스콧 감독이 만든 〈프로메테우스〉라는 영화의 배경이 바로 아이슬란드야. 리들리 스콧 감독 말에 의하면, 이 지구상에 그렇게 황량하면서도 태초의 신비를 안고 있는 장소는 아이슬란드밖에 없다고 극찬할 정도로 풍광이 대단한 곳이지. 화산활동으로 만들어진 섬인데다 북극권에 가깝기 때문에

'오로라 헌터' 촬영으로 처음 방문한 아이슬란드에서 만난 오로라야. 오로라를 보고 여신의 치맛자락 같다는 이야기를 하는데, 그 말이 이해가 가지? 정말로 생애 한 번은 꼭 볼 만한 진귀한 장면이라고 생각해.

빙하가 쌓여 있어서 다양한 풍경이 어우러져 있어. 아직도 화산 활동이 계속되고 있어서 지열 때문에 땅이 뜨끈뜨끈해. 그래서 집집마다 보일러가 아니라 지열로 난방을 해. 게다가 물만 틀면 온천수가 쏟아져서 설거지도 뜨끈뜨끈한 온천물로 할 수 있는 곳이야. 지열과 수력을 이용해서 모든 전기를 생산하니 우리처럼 석탄이나 석유, 원자력 발전으로 인한 환경오염이 없어. 이렇게 빙하와 화산, 거기에 오로라까지 완벽하게 갖춰진 지구의 지상낙원 같은 땅에 딱 하나의 단점이 있어. 날씨가 안 좋다는 점

진짜 너의 꿈을 꿔라

이지. 차가운 북극의 공기와 따뜻한 북대서양 해류가 만나서 늘 날씨가 흐리고 비가 와. 사진가들에겐 아주 최악의 조건이지. 촬영기간 동안 비를 안 맞은 날이 하루밖에 없을 정도로 좋은 날씨를 구경하기 힘든 곳이야.

노르웨이에서의 오로라 촬영은 땅 위가 아닌 바다 위에서 하게 되었어. 영화에서나 보던 크루즈를 타고 가면서 말이야. 노르웨이의 서남부 연안에 있는 베르겐이란 도시에서 출발해서 북쪽 끝까지 항해하는 크루즈 여행을 한 거야. 매끼 식사마다 호텔식 뷔페상이 차려졌어. 크루즈에서는 각종 체험 프로그램이 다양하게 준비되어 있었고 항구에 들를 때는 관광도 할 수 있었지. 내 인생에서 가장 호사스런 여행이었어.

사실 사진가가 되어 멋진 풍경을 많이 볼 수 있어서 좋긴 한데, 몸이 힘들 때가 많았어. 무거운 촬영 장비를 지고 이동하거나 며칠씩 씻지도 못하고 밖에서 야영하는 경우가 많거든. 특히 나처럼 밤 촬영이 많은 작업은 추위와도 싸워야 해. 어느 직업이나 애로 사항이 있기 마련이지만, 나는 혹독한 추위 때문에 고생스러울 때가 많았어.

이이슬란드는 세계에서 가장 경치가 좋은 곳 중 하나야. 화산폭발로 만들어진 섬이라 곳곳에 기암괴석이 널려 있지. 오로라까지 볼 수 있으니 풍경 사진을 찍기에 이만한 곳이 또 있을까.

크루즈를 타고 노르웨이 해안을 돌며 〈SBS 스페셜〉 '오로라 헌터'를 촬영했을 때의 모습이야. 크루즈를 타면서 오로라를 보는 건 참 좋았는데, 크루즈에서 만난 일상적인 모습의 노르웨이 사람들을 보니 조금 부러운 마음도 들었어. 그 나라 사람들은 손쉽게 오로라를 볼 수 있으니 말이야.

그런데 크루즈에서는 따뜻한 곳에서 편안히 지낼 수 있어서 너무나도 좋은 거야. 다만 날씨가 계속 흐린 게 불만이었지. 크루즈에 탄 여행객들은 다들 편안하게 북해의 바다를 보며 항해를 즐기는데 안타깝게도 우리는 그러질 못했어. 우리가 크루즈를 탄 이유는 여행이 아니라 북해 연안에 뜬 오로라를 촬영하기 위해서였으니까. 열흘 내내 계속 흐리다가 딱 하루만 날씨가 맑았어. 다행히 그날 오로라를 촬영할 수 있었지.

이렇게 촬영해서 2013년 7월에 방영된 〈SBS 스페셜〉 '오로라 헌터'가 꽤 인기가 있었나 봐. 강연이나 행사 때 사인을 해 달라는 사람들이 많았어. 그전까진 이런 일이 별로 없었거든. 이 다큐멘터리 때문에 천체 현상이나 오로라에 대한 붐 같은 게 일기도 했대. 그 덕분에 여기저기서 강의 요청도 많이 들어왔고, 오로라에 대한 책을 내기도 했어. 그전까진 주로 사진을 찍는 사람들을 대상으로 사진 강의만 했는데, 이제는 학생들과 직장인을 대상으로 한 오로라와 우주에 대한 강의 요청도 많아졌어. 이 책도 '오로라 헌터' 덕분에 쓰게 된 거라고 할 수 있지. 인기라고 말하기에는 뭣하지만 사람들이 나를 알아보고 이름을 불러 주는 게 기쁘면서도 낯설었어. 난 아직 '네임 밸류'를 얻을 만큼 대단한 걸 이뤘다고 생각하지 않거든. 그저 내가 좋아하는 일을 즐겁게 한 것뿐인데 뭔가를 추가로 얻은 것 같은 기분이 들었어.

　사실 나처럼 한 분야에서 전문적으로 콘텐츠를 생산하는 사람에겐 대중의 관심보다 같은 업종에서 일하는 사람들에게 인정받는 것이 더 중요해. 그 사람들에게 받는 인정보다 더 많은 관심은 사실 거품에 불과하거든. 대중의 관심은 한곳에 머물러 있지 않고 항상 움직이잖아. 그런데 이게 거품이 아니라는 걸 확인해 줄 수 있는 일이 생겼어. 삼성전자에서 새로 출시하는 디지털카메라의 홍보 영상을 찍어 달라는 제의가 들어온 거야.

카메라 홍보 영상 촬영 의뢰가 들어와 같은 해에 아이슬란드에 한 번 더 가게 되었어. 그렇게 가고 싶었던 아이슬란드를 또 가게 되었을 땐 '내가 직업 하나는 정말 잘 선택했어!'라는 생각이 들더라고. 바람이 심하게 부는 벼랑 끝에서 계곡과 폭포가 어우러진 풍경을 담고 있는 모습이야. ⓒ김주원

우리나라 최고의 전자 회사에서 주력하고 있는 상품인 카메라의 광고 영상을 찍는 건 아무나 할 수 있는 일이 아니거든. 다른 것도 아니고 새로 출시하는 카메라의 성능을 보여 주는 영상이기 때문에 실력과 네임 밸류가 있어야만 할 수 있는 일이야. 즉, 사진가로서 실력을 인정받았다는 의미지.

나는 광고 영상 제작팀과 함께 다시 아이슬란드로 갔어. '언제쯤 여기에 또 올 수 있을까' 하는 아쉬운 마음을 안고 아이슬란드를 떠났는데 불과 몇 개월 만에 다시 찾아간 거지. 여름철의 아이슬란드는 전보다는 좋은 날씨로 나를 환영해 주었어. 북극권의 여름철엔 밤이 되어도 어두워지지 않는 백야가 계속되기 때문에 아름다운 밤하늘을 담을 수는 없었지만, 수백 년은 자랐을 법한 이끼로 뒤덮인 대평원의 평화로운 모습을 마음껏 찍을 수 있었어.

그렇게 촬영을 하다가 발밑에 있는 이끼가 무척 부드러워 보여서 신발을 벗고 맨발로 이끼를 밟아 보았어. 폭신한 감촉이 정말 좋더라고. '행복이 이런 거구나'라는 걸 온몸으로 느꼈지. 역시 굶지만 않는다면 자기가 하고 싶은 것을 하고 살아야 해. 죽기 전에 돈을 많이 벌지 못한 것을 후회할까, 아니면 못 이룬 꿈이 더 생각날까?

'나는 행복한 사진가' 사진작가의 직업 만족도가 왜 높은지를 여실하게 느낄 수 있었던, 아이슬란드 촬영 때 모습이야. 아이슬란드의 좋은 풍광들을 다 보면서 돈도 벌 수 있는 게 정말 좋았지. 꿈과 진로를 일치시키면 어떤 직업을 갖든지 사람은 정말로 행복해질 수 있어.

나는 '천체사진가'라는 내 직업을 스스로 이렇게 정의해. 내가 느낀 밤하늘의 경이로움과 아름다움을 사진이라는 수단으로 다른 사람에게 전달하는 행복한 직업이라고. 그리고 그 사진들이 사람들에게 기쁨과 감동과 영감을 준다면 좋겠어. 그렇게 좋은 사진들을 찍어서 김영갑 선생님처럼 내 갤러리를 만드는 게 내 인생 목적지에 있는 꿈이야.

제주도에 가면 김영갑이라는 사진가의 사진을 모아 전시해 둔 '갤러리 두모악'이라는 곳이 있어. 김영갑 선생님은 필름값을 벌기 위해 막노동을 하고, 밥 먹을 돈이 없어 들판의 당근이나 고구마로 허기를 달래 가며 제주도의 아름다운 풍광을 사진으로 남겼어. 사진을 찍기 위해 온갖 고생을 마다하지 않다가 안타깝게도 루게릭병에 걸려 돌아가셨지. 그가 죽기 전에 그의 사진을 모아 둔 갤러리가 완성되었고 그가 죽자, 그와 그의 사진을 사랑했던 사람들은 갤러리 두모악 마당에 그의 재를 뿌렸어. 그러니 갤러리가 존재하는 한, 그는 제주도에 영원히 살아 있게 되는 거지.

나도 이런 갤러리를 남기고 싶어. 내 사진으로 시작하겠지만 내 사진으로만 채우지는 않을 거야. 해마다 그 해의 가장 훌륭한 천체 사진을 수집해서 볼거리를 늘려 나가는 거지. 세계의 천체사진가들이 내 갤러리에 자신의 사진을 전시하는 것을 최고의 영예로 여길 정도로 좋은 천체 사진 박물관을 만드는 게 내가 원하는 큰 꿈이야. 그러면 내가 죽은 뒤에도 좋은 콘텐츠가 끊임없이 채워지는 천체 사진 갤러리를 우리나라에 남겨 두고 갈 수 있고 나도 별과 함께 영원히 사는 것이 될 거야. 이 큰 꿈을 이루기 위해선 내가 먼저 좋은 사진을 많이 찍어 큰 꿈으로 가는 작은 점들을 이어야겠지.

진짜 꿈의 모양은 점으로 연결되어 있거나 계단형이지

한꺼번에 큰 걸 바라기보다
점으로 된 작은 꿈부터 도전하는 거야

천체 사진을 찍는 사람들에겐 죽기 전에 꼭 봐야 할 세 가지 천문현상이 있어. 첫 번째가 달이 태양을 가리는 '개기일식'이야. 인간이 경험하는 자연현상 중에서 가장 강렬한 현상이라고 하는데, 나는 2009년 중국 가흥에서 이 현상을 처음 봤어. 하지만 안타깝게도 그때 날씨가 별로 안 좋아서 2012년 호주에 가서야 완벽한 개기일식을 볼 수 있었지. 해가 뜨면서 부분식이 바로 시작되는데 달이 태양을 완전히 가리는 순간 갑자기 환한 낮이 깜깜한 밤으로 바뀌는 거야. 그러면 검은 밤하늘에 흰 빛의 코로나와 홍염만 빛나는 검은 태양이 나타나. 개기**일식***을 지켜보는데 뒷덜미가 서늘해질 정도로 으스스한 기분이 들었어. 개기일식 때에는 해가 가려지는 순간 밤이 되면서 기온이 갑자기 떨어져. 한 치의 오차도 없이 천천히 이루어지는 달과 태양의 만남 의식은 극적이다 못해 숭고하지.

꼭 봐야 하는 현상 중 두 번째가 대유성우야. '별똥비'라고도 하는데, 말 그대로 수많은 유성이 비처럼 쏟아져 내리는 거지. 유성우가 내릴 때 간혹 큰 유성이 떨어지면서 유성흔이 남기도 해. 마치 꼬리처럼 말이야.

그런데 이런 대유성우는 정말 만나기 힘들어. 아무 때나 일어나는 현상이 아니거든. 정말 몇 십 년에 한 번 볼까 말까 한 현상이지. 그래서 천문 마니아들은 지구 어디선가 이런 현상을 볼 수 있다고 하면 비행기를 타고 가서라도 보려고 하는 거야. 나는 운 좋게도 2001년에 우리나라 소백산 천문대에서 볼 수 있었어. 그때도 세계 여러 곳에서 온 친구들과 함께 올라가서 봤지.

진짜 너의 꿈을 꿔라

그리고 천체사진가들이 말하는 죽기 전에 꼭 봐야 할 천체 현상의 마지막이 오로라야. 오로라라는 이름은 굉장히 친숙하지? 아마도 만화나 SF 영화에서 등장인물 이름으로 자주 등장하기 때문인 것 같아. 오로라는 태양에서 방출된 전기 입자들이 지구의 자기장에 잡혀 이끌려 내려오면서 지구 대기와 반응하며 빛을 내는 현상이야. 지구 대기 중의 어떤 성분과 반응하느냐에 따라 초록색부터 붉은색, 핑크색, 보라색 등 다양한 색깔의 빛이

달이 태양을 가리는 개기 일식 장면이야. 죽기 전에 꼭 봐야 할 천문 현상 중에 하나로 꼽히는데, 그만큼 보기 힘들기 때문이겠지.

2001년 소백산 천문대에서 촬영한 사자자리 유성우 사진이야. 이날 밤에만 10만 개에 가까운 별똥별을 보았는데, 별똥별 하나가 떨어질 때와는 완전히 다른 느낌이야. 매번 별을 따라다녀도 하늘은 내게 항상 다른 별들을 보여 주지.

나타나. 지구와 태양이 합작해서 보여 주는 화려한 쇼라고 할 수 있어. 지구상에서는 365일 24시간 오로라가 발생하고 있어서 유성우와는 달리 마음만 먹으면 보는 건 그리 어렵지 않아.

그런데 전업 사진가가 되기 직전까지도 개기일식과 유성우는 봤는데 오로라만 보지 못했어. 왜냐면 오로라를 보려면 정말 먼 곳까지 가야 하거든. 오로라는 지구 자기장의 양극 지역인 북극과 남극 주변에서 나타나는데 월급쟁이 입장에선 거기까지 가기가 보통 만만한 일이 아니잖아. 그래서 늘 마음만 있을 뿐 감히 갈 엄두를 못 내고 있었지. 그랬는데 어느 날 오로라를 보러 갈 수 있는 황금 같은 기회가 나에게 찾아왔어. 그것도 돈을 들여서가 아니라 돈을 받고서 말이야. 2009년 12월, 드디어 나와 오로라의 인연이 시작된 거지.

오로라는 태양의 흑점이 주기적으로 변하면서 11년 주기의 극대기가 나타내는데, 2009년은 새로운 극대기가 다가오는 때였어. 캐나다 관광청과 카메라를 만드는 회사인 '캐논'에서 캐나다의 옐로나이프로 오로라를 보러 가는 '오로라 원정대' 행사를 기획했어. 그런데 여기에서 나한테 오로라 사진 작업과 함께 프로그램 강사로 참여해 달라는 제의를 해 온 거야. 이게 보통 행운이 아니거든. 진짜 행운의 여신이 나한테 로또를 쏴 준 것이나 마찬가지지.

북극과 가까운 캐나다의 옐로나이프는 오로라를 관측하기 가장 좋은 장소라서 세계적으로 '오로라의 수도'라고 불리는 곳이야. 이곳에서는 우리나라에서 저녁노을 보는 것보다 더 쉽게 오로라를 볼 수 있어. 그래서 천문에 관심이 많은 사람들이 오로라를 보러 옐로나이프로 달려가. 나도 언젠간 꼭 가 보리라 벼르던 참에 이렇게 좋은 기회가 찾아왔는데 어떻게 포기할 수 있겠어? 하지만 그때는 내가 아직 회사원으로 일하고 있을 때였어. 그리고 회사원들에게 12월 연말은 굉장히 중요한 시기거든. 1년 동안의 업무를 평가하고 성과급이나 승진도 결정되기 때문에 회사원들에겐 내년 한 해의 생사가 달린 달이지. 따라서 12월에 일주일 간 장기 휴가를 내는 건 목을 내놓는 것과도 같아. 운 나쁘면 오로라를 보러 가는 행운을 누리는 대신 회사에서 잘릴 수 있는 불행을 맞을 수도 있지. 그래도 어떡해. 이 기회가 아니면 평생 오로라를 볼 수 없을지도 모르는데. 결국 어렵게 휴가를 내서 12월 초에 캐나다의 옐로나이프로 가는 비행기를 탔어.

그런데 이 기회가 내가 아무것도 안 하고 가만히 있었는데 '로또 신'의 은총으로 저절로 굴러 들어온 건 아니야. '기회는 준비된 자에게 온다'는 말처럼 이 기회도 지금까지 내가 노력해

212

왔기 때문에 생긴 거라고 생각해. 실은 2009년 한 해 내내 내가 고생을 좀 많이 했거든. 'TWAN The World At Night'이라는 세계에서 유명한 천체사진가들 33명이 모여서 만든 모임이 있어. 이 모임에서 유네스코에서 지정한 '세계 천문의 해'를 기념하기 위해 지구 곳곳의 명소에서 촬영한 천체 사진들을 전시하는 특별 프로젝트를 진행했거든. 우리나라에서도 5개 도시에서 전시를 하기로 했는데, 문제는 이 모임에 한국인은 나밖에 없다는 거야. 즉, 나 혼자서 5개 도시의 전시를 해내야 한다는 뜻이지.

전시회를 여는 게 보통 일은 아니야. 사진 파일을 받아서 인화하고, 액자를 만들고, 전시장을 섭외해서 전시 계획과 사진 배치 구상까지 해야 하지. 그뿐만 아니라 전시 당일에는 40여 개의 액자를 나르고 걸고, 설명 패널 등 여러 가지 안내문도 붙이고, 조명도 다 조정해야 해. 대충 말해도 많은 사람들의 손이 필요한 일이라는 걸 짐작할 수 있겠지? 이렇게 수십 명이 해야 할 일을 나 혼자서 다 해내야 했어. 더구나 시간이 자유롭지 못한 회사원으로서 말이야.

처음엔 주위에서 그냥 포기하라는 말도 많이 들었어. 도저히 혼자서는 해낼 수 없는 일이니까. 하지만 한국 대표로 우리나라에서 하는 전시회를 책임지기로 해 놓고 이런저런 어려움을 핑계로 포기할 수는 없었어. 아니, 포기하기 싫었어. 사실 그건 평계고 변명이잖아. 결국 아무리 평계를 대 봤자 그건 나의 성의 부족과 우리나라 천문 인구의 역량 부족을 선언하는 것이나 마찬가지니까. 그리고 나는 '책임을 진다'라는 건 '포기하지 않는다'라는 뜻과 같다고 생각해. 어려움이 생겼을 때 그것을 해결하고 돌파한다는 각오도 포함되어 있잖아. 세상에 어려움이 없거나 변수가 일어나지 않는 일은 없어. 책임이란 단어 속에는 그런 어려움과 변수까지 예상하고 기꺼이 감수하겠다는 의미도 들어 있다고 봐. 그래서 나 혼자 전시회 준비를 했어. 이 많은 일들을 모두 퇴근 후에 해야 하기 때문에 전시 기간 내내 거의 잠을 조금밖에 못 잤지. 혼자서 이리 뛰고 저리 뛰며 노력한 덕분에 5개 도시의 전시회를 무사히 마쳤어. 그래도 고생한 보람은 있었어. 전시회를 통해 별을 좋아하는 많은 사람들을 만날 수 있었고, 수고했다고 한국조직위원회에서 공로상도 받았지. 그때 고생스럽지만 끝까지 전시회를 해냈기 때문에 많은 사람들에게 인정을 받을 수 있었다고 생각해. 그래서 내 생각에 옐로나이프로 가는 행운도 그 고생에 대한 보답이 아닐까 싶어.

오로라 덕분에 늦게나마
꿈과 진로를 일치시켰어

'꿈만 같다'라는 말이 있어. 오랫동안 마음으로만 꿈꿔 온 것, 상상만 하던 게 직접 눈앞에 나타나면 현실감을 잃어버린다고 해. 현실인데 현실 같지 않은, 마치 꿈속에서 보는 것처럼 비현실로 느껴지는 거지. 옐로나이프에서 오로라를 처음 봤을 때 내 느낌이 정말 그랬어. 머리 위로 수백 킬로미터 상공에 거대한 초록색 커튼이 바람에 휘날리듯 물결치고 있는 모습을 상상해 봐. 오로라가 여신의 드레스 자락이 춤추듯이 우아하게 움직이고 그 위로 밤하늘에 떠 있는 수많은 별들이 오로라를 향해 스포트라이트를 비추듯이 반짝반짝 빛나고 있어.

지구의 자기장과 태양 에너지가 만들어 낸 거대한 파노라마를 보고 있으면 '신비롭다'라는 말의 의미를 저절로 실감하게 되지. 그래서 오로라를 바라보는 사람들이 거의 모두 비슷한 표정과 행동을 취하고 있어. 넋이 빠진 것처럼 반쯤 입을 벌리고 하늘을 바라보는 거야. 솔직히 나는 천체 사진을 오래 찍어 왔고 오로라가 나타나는 원리도 알고 있었어. 또 사진과 영상으로도 많이 봤기 때문에 그 정도일 거라고 전혀 생각하지 못했어.

2009년, 캐나다 옐로나이프에서 처음 만난 오로라!
이때 처음 오로라를 봄으로써 죽기 전에 꼭 봐야 할 천문 현상을 모두 본 거야.
카메라를 들고 별을 따라다닌 지 18년만에 본 거지.
이날의 오로라는 그동안 꿈을 포기하지 않고 차근차근 준비한
내 노력에 대한 보상이었다고 생각해.

그저 영상으로만 보던 걸 내 눈으로 직접 확인한다는 데 의미를 두고 있었거든. 아주 오만한 생각이었지. 그런데 실제로 본 오로라는 내가 알고 상상하던 것 이상을 느끼게 해 주었어.

그런데 나는 그곳에서 오로라만큼이나 충격적인 사람들을 만났어. 어쩌면 오로라보다 더 신선하고 충격적인 인상과 깨달음을 안겨 준 사람들이지. 그들은 바로 옐로나이프로 오로라를 함께 보러 간 원정대 사람들이야. 우리 중에서 틀에 박힌 직장 생활을 하는 회사원은 나밖에 없고 모두 자기가 좋아하는 일을 직업으로 하면서 살고 있었어. 사진가, 만화가, 블로거 등 자기가 좋아하는 일을 직업으로 삼아 자신의 꿈을 현실로 실현시키며 사는 사람들이었지. 그런 사람들을 나는 현실에서 처음으로 만났어. 나처럼 평범하지만 자신의 꿈에 다가가기 위해 충실하게 사는 사람들 말이야. 그들을 보며 내가 느낀 건 충격과 부러움이었어.

나는 별을 찍는 일을 좋아하지만 그게 내 회사 업무와는 전혀 상관이 없었어. 오로라를 보는 건 그냥 내 만족으로 그칠 뿐이지 회사로 돌아가서 하는 일에 아무런 도움이 되지 않았지. 그런데 그들은 오로라를 본 경험을 곧 자신의 일과 연결시키는 거야. 만화가 친구는 지금 그리고 있는 만화 스토리에 오로라를

진짜 너의 꿈을 꿔라

어떻게 끼워 넣을지 고민하고, 전문 블로거인 친구는 구독자들에게 오로라를 본 감상을 잘 표현하기 위해 열심히 글을 썼어. 숙소로 돌아와서도 그들은 계속 오로라와 자신의 일을 연결시키기 위해 고민하고 서로 이야기하는 거야. 그들에겐 보고 듣고 경험하는 모든 것이 자신의 일과 연결되어 있거든. 나는 그런 모습들을 처음 봤어. 좋아하는 일을 자신의 밥벌이와 연결시키는 모습 말이야. 나한테는 따로따로 분리된 것들이 그들에겐 하나인 것이지. 그런 모습들이 나는 정말 부러웠어. 그리고 한편으론 무척 쓸쓸했어. 그들과 달리 나는 별로 할 말이 없었거든. 아무리 연결 지으려고 해도 오로라와 내 직업은 0.0001%의 접점도 없잖아. 만약 내가 천체사진가가 되지 않았다면 오로라를 본 것은 행복한 추억으로만 끝났을 거야.

그리고 내가 그들을 보며 또 하나 충격을 받은 건 넉넉하진 않지만 회사를 꾸역꾸역 다니지 않아도 굶어 죽지 않더라는 거지. '사진을 찍어서 먹고살 수 있겠나'라는 고정관념이 확 깨진 거야. 솔직히 내가 천체사진가를 직업으로 하지 않은 가장 큰 이유가 불안정한 수입 때문이었거든. 돈이 많고 적음의 문제는 둘째로 치고 수입이 안정적이지 못하다는 게 가장 두려웠어. 어쨌든 회사에 다니면 매달 월급이 들어오지만 천체사진가가 되

캐나다 오로라 원정대 멤버들 사진이야. 가장 왼쪽에 있는 사람이 나야. 이때의 경험을 정확히 말하면 오로라 자체보다 이 사람들이 나의 삶을 바꾸게 했지. 긴 터널 속에서 반짝거리는 이정표를 만난 기분이었어. ⓒ김주원

면 안정적인 수입이 없다는 두려움이 늘 내 발목을 잡았거든. 그런데 그들에겐 그런 두려움이 별로 보이지 않았어. 직장인인 내가 보기엔 하루살이처럼 불안정한 생활이라 무척 불안할 것 같은데 전혀 그렇게 보이지 않는 거야. 오히려 여유와 즐거움이 넘쳤어. 그래서 한 친구에게 물어 봤어.

"이거 한다고 월급이 꼬박 꼬박 나오는 것도 아닌데, 어떻게 먹고살아?"

진짜 너의 꿈을 꿔라

내 질문에 잠시 생각하더니 그 친구가 씩 웃으며 이렇게 대답했지.

"이런 저런 일이 조금씩 들어와요. 어떻게 굶어 죽지는 않더라고요. 좋아서 하는 일인 걸요."

난 그 친구의 말에 충격을 받았어. 나만큼 많은 연봉을 받지는 않지만 그들은 나보다 훨씬 행복해 보였어. 나는 돈 때문에 죽을 만큼 다니기 싫은 회사를 꾸역꾸역 다니고 있었거든. 하고 싶은 일이 따로 있음에도 불구하고 말이야. 한 번뿐인 내 인생, 우주에 비하면 아주 짧은 순간을 살다가는 데도, 그 소중한 삶을 돈과 바꿔서 소모하고 있었던 거지.

생각해 보니 그 친구들은 현재의 경제적 수입은 불안정하지만 일이 불안한 건 아니었어. 이 일은 자신이 하고 싶을 때까지 계속할 수 있거든. 실력이 부족해서 도태될 수는 있겠지. 하지만 누군가에 의해 억지로 퇴출되지는 않아. 그런데 나는 현재의 경제적 수입만 안정적일 뿐 일 자체는 무척 불안정하다는 걸 깨달았어. 아무리 열심히 일하고 경력을 쌓아도 정리 해고와 명예퇴직의 칼날이 휘몰아치면 언제든 일자리를 잃을 수 있거든. 요즘 비정규직이 넘쳐나다 보니 정규직이 되면 안정적일 거라 생각하지만 현실은 전혀 그렇지 않아. 정규직 역시 불안하기는 마찬

가지야. 이미 정년 보장이란 개념이 사라졌으니까. 비정규직처럼 몇 년 단위로 계약을 갱신해야 한다는 부담감만 없을 뿐이지 언제나 일에 대한 불안감을 안고 살아야 하거든.

사실 나도 늘 이런 불안감에 시달리며 살고 있었어. 아무리 학벌이 좋고 경력이 많아도 회사에서 오래 버틸 수 없다는 걸 실감하고 있었으니까. 특히 요즘 시대에 대기업 같은 큰 조직에선 40대 중반까지도 버티기가 힘들어. 문제는 그 다음이야. 회사에 다니면서 쌓아 놓은 업무 능력과 경험을 마땅히 쓸 데가 없거든. 다른 회사에 다시 입사해서도 마찬가지야. 회사원으로서의 '유통기한'은 점점 짧아지는 거지. 이런 상황에서 무슨 일을 시도할 수 있겠어. 회사에서 배운 업무 능력과 경험은 그 조직에 있을 때만 유용한 것이지 개인으로선 별 쓸모가 없거든.

이런 현실을 알고 있으면서도 나는 주저하고 있었어. 솔직히 말하면 두려웠던 거지. 가 보지 않은 길이 무서웠던 거야. 그렇게 현실을 회피하면서 하루하루를 보내고 있었지만, 이제 내가 직면한 현실을 정면으로 바라볼 수밖에 없었어. 나는 현재의 경제적 안정을 위해 미래에 닥칠 불안을 키우고 있다는 것을 말이야. 현재에 충실한 게 아니라 실은 안주하고 있었다는 것을 깨달았지. 나는 어른들이 시키는 대로 착실하게 살아왔어. 열심히

222

공부해서 좋은 대학에 들어갔고 모든 사람들이 가고 싶어 하는 대기업에 들어갔지. 어른들이 생각하는 안전한 길을 열심히 달려왔지만, 안타깝게도 그게 전부가 아니었어. 지금은 어른들이 경험해 온 시대와 너무 달라져 버렸거든. 그때는 어떤 직장이든 정규직으로 들어가기만 하면 정년은 보장되었고, 지금처럼 평균 수명 100세 시대도 아니었잖아. 하지만 지금은 마흔 중반까지 회사에서 버티기도 힘들고, 설령 운 좋게 정년까지 살아남는다고 해도 나머지 약 40년의 세월을 더 살아야 해.

엘로나이프에서 일주일을 보내면서 나는 너무 많은 걸 깨닫고 알아 버렸어. 그런데 연말에 일주일간 회사를 비웠던 게 부작용이 너무 심했어. 평소에도 사람을 상당히 괴롭게 하는 회사였는데 일주일 자리를 비웠다 출근하니 그 정도가 심하더라고. 여태까지 그랬던 것처럼 참을 수도 있었지만 이번엔 그러지 않았어. 결국 사직서를 던졌지.

"회사를 그만두겠습니다."

목구멍까지 치밀어 오르지만 끝내 내뱉지 못하고 늘 속으로 삼켜야 했던 말을 덤덤하게 해 버렸어. 솔직히 이 말을 내뱉기 전까지도 약간의 두려움은 남아 있었어. 당장 다음 달부터 월급이 안 나올 걸 생각하면 그런 마음이 드는 것도 당연하지 않겠어? 그런데 신기하게도 이 말을 하자마자 마음이 너무 편안해지는 거야. 오직 돈을 위한 일로 내 인생과 에너지를 더 이상 소모하지 않아도 된다는 사실에 안도감마저 느꼈어. 하지만 이런 내 마음과 달리 주위에선 난리가 났지. 요즘처럼 어려운 시대에 왜 갑자기 잘 다니던 회사를 때려치웠느냐며 원성이 어마어마했어. 너희들 아버지가 하루아침에 갑자기 회사를 그만뒀다고 생각해 봐. 갑자기 저지른 일 치고는 좀 큰일이라 다들 이게 웬 날벼락이냐며 난리들이었지만 나는 차분히 앞으로의 일을 계획했어.

사실 내가 사표를 낼 수 있었던 건 그동안 준비를 착실히 해 두었기 때문이야. 나는 회사만 다닌 게 아니라 없는 시간을 쪼개서 꾸준히 사진 찍는 작업을 계속해 왔거든. 사진가 권오철로 세상에 나가서 할 수 있는 일을 준비해 두었기에 가능한 일이었던 것이지. 무엇보다 전업 사진가로 살겠다는 결단을 내릴 수 있게 만든 가장 큰 요인은 나만의 비장의 카드가 준비되어 있었기 때문이지.

별빛의 신비를 담고 싶은
내 꿈을 위해 비장의 무기를 마련했지

내가 사진가로 살아남기 위해 준비한 비장의 무기는 앞에서
말했던 타임랩스라고 하는 촬영 기술이야. 사진을 많이 찍어서
영상으로 만드는 기술인데 원리만 보면 그렇게 어려운 게 아니
야. 하지만 타임랩스 촬영을 하기 위해선 카메라 기기의 발전이
뒷받침되어야 했어. 1990년대에 디지털카메라가 본격적으로
등장하면서 타임랩스 촬영이 가능하기는 했지만 화질이 형편
없었어. 앞에서도 말했지만 다른 사물과 달리 별을 찍기 위해선
노출을 오래 주어야 해. 그런데 당시 디지털카메라는 15초 이상
씩 노출을 길게 해서 연속으로 찍으면 발열로 인한 열화 노이즈
가 생겼어. 타임랩스 촬영 기법을 실현하기엔 카메라 기술이 아
직 못 미치는 거였지. 결국 별을 찍어서 영상으로 만들 수 있을
정도의 디지털카메라가 개발될 때까지 기다려야 했어.

어쩔 수 없이 타임랩스 기법을 쓰려면 장시간 연속 노출을 견
딜 수 있는 디지털카메라가 나올 때까지 기다릴 수밖에 없었던
거야.

드디어 타임랩스 기법을 실현시킬 수 있는 디지털카메라가

2008년 말에 출시되었어. 풀 프레임의 촬상면을 가지고 동영상 촬영도 가능한 최초의 디지털카메라였지. 동영상 촬영 기능 덕분에 장시간 촬영에서도 노이즈가 억제되어 별을 타임랩스로 찍을 수 있게 된 거야. 나는 캐나다에 갔을 때 이 카메라를 가지고 오로라를 촬영해 봤어. 타임랩스 기법으로 오로라를 영상으로 만들었는데 예상대로 아주 잘 나왔어. 이 시험에 성공한 덕분에 나는 전업 사진가로 나서도 되겠다는 자신감을 얻었어. 당시엔 타임랩스 기법이 등장하기 시작한 초창기였기 때문에 이 기법을 구사할 수 있는 사람이 별로 없었어. 덕분에 바로 타임랩스 분야에선 세계적인 전문가가 될 수 있었지. 국내에서는 이 특수 촬영 기술을 제대로 구사할 수 있는 사람이 없었기에 전업 사진가로 나서자마자 여기저기서 작업 의뢰가 많이 들어왔어. 다큐멘터리 작업이나 광고 영상 촬영 작업뿐만 아니라 타임랩스에 대한 강의까지 다양한 일이 계속 들어왔지. 그 덕분에 전업 사진가로서 자리를 잡을 수가 있었어. 이 정도 신기술이면 굶지는 않겠다는 소박한 자신감만 가지고 있었는데, 내 예상보다 결과가 좋은 거야.

걱정과 우려로 지켜보던 주위 사람들은 예상과 달리 내가 잘 나가는 것을 두고 운이 좋다고 했어. 물론 운이 좋은 면도 없지는 않아. 하지만 그 운 역시 스스로 만드는 거라고 생각해. 전업 사진가로 활동하는 동안 주위에서 아무런 준비 없이 의욕만 가지고 튀어나왔다가 도로 돌아가는 경우를 많이 봤어. 이상을 현실에서 구현하기 위해선 그만한 능력과 준비가 필요한데 그저 열정만 가지고 덤비는 거지. 열정은 버틸 수 있는 원동력이지 내 꿈을 실현해 주는 열쇠는 아니야. 그 열쇠는 나의 능력, 그리고 끊임없는 노력이라고 할 수 있지. 세상은 열정만 가지고 살수 있는 곳이 아니야. 열정의 온도가 높으면 모든 게 가능해진다고 하는데, 그건 드라마에서나 일어날 수 있는 일이야. 현실에선 열정만큼의 실력과 능력이 있어야만 자신의 꿈과 이상을 구현할 수 있어. 그런데 사람들은 그런 건 별로 생각하지 않아.

특히 사회생활을 경험해 보지 못한 학생들은 꿈을 향한 열정만 있으면 다 될 거라고 다소 안일하게 생각해. 자신의 꿈에 대한 간절함과 열정의 크기만 생각할 뿐 그에 걸맞은 능력을 키우는 것에는 게을러. 그런 사람들에겐 아무리 좋은 기회가 와도 아무 소용이 없어. 그것을 잡을 만한 능력과 준비가 안 되어 있는데 어떻게 그 기회를 잡아서 홈런을 날릴 수 있겠어. 사실 기회는 언제나 찾아와. 또 누구에게나 찾아오지. 그러나 그 기회를 잡아서 뭔가를 이루어 내는 사람은 별로 없어. 왜냐면 그 기회를 잡을 준비가 된 사람이 그리 많지 않거든. 기회는 준비된 사람에게만 의미가 있는 거야. 그런 면에서 운이 없다고 하는 건 사실 그만한 능력과 준비를 갖추지 못했다는 뜻이라고 볼 수 있어.

대학에 다닐 때부터 회사 생활을 하는 동안 나는 전업 사진가로서 살 수 있는 준비를 착실히 해 왔어. 하지만 그것만 가지고 사진가로서 성공할 수 있는 준비는 부족하다고 느꼈어. 그래서 나는 전업 사진가가 되자마자 미래를 준비하기 위해 아프리카에 있는 킬리만자로로 떠났어. 앞으로 나에게 작업을 의뢰할 사람들에게 보여 줄 수 있는 멋진 포트폴리오를 준비하기 위해서였지.

나는 아직 소소한 꿈들을 사랑해

세계의 수많은 명소 중에 전업 사진가로서의 첫 출발지를 킬리만자로로 선택한 이유는 업그레이드 된 포트폴리오의 맨 앞장을 킬리만자로에서 찍은 별의 일주 사진으로 장식하고 싶어서였어. 적도 지방에 있는 킬리만자로에서는 별과 해가 지평선에서 수직으로 뜨고 지는 걸 볼 수 있어. 우리들은 태양이 동쪽에서 비스듬하게 올라오는 것에 익숙해 있잖아. 이건 우리나라가 북반구의 중간에 위치하기 때문이야.

하지만 적도 지방에선 해가 수직으로 올라와. 그리고 해가 질 때도 수직으로 떨어지지. 별도 마찬가지야. 마치 막이 오르듯이 별이 밑에서부터 위로 올라와. 앞에서도 이 개념에 대해 설명을 했지? 이런 현상이 나타나는 것은 지구가 하루에 한 바퀴를 도는 자전운동을 하기 때문이라고. 지구의 자전운동 때문에 태양과 달, 별이 지구 주위를 하루에 한 바퀴씩 도는 것처럼 보여.

저 뒤에 보이는 게 해발 5,895m의 킬리만자로 봉우리야. 아프리카 대륙의 최고봉이지. 산소가 희박해서 숨 쉬기도 힘든 높이에서 밤새 촬영을 했지.

이러한 별의 일주운동을 확실하게 볼 수 있는 곳이 바로 킬리만자로야. 그래서 킬리만자로 화산에서 사진을 찍으면 동서 방향에서는 별이 수직으로 움직이지만, 남북 방향으로 갈수록 동심원의 궤적을 그리기 때문에 동서 방향에서 넓은 화각의 렌즈로 촬영하면 별들이 분수처럼 쏟아져 나오는 모습이 연출돼.

킬리만자로에서 일주 사진을 찍는 것은 10년 전부터 가지고 있던 내 꿈이었어. 하지만 오로라만큼이나 너무 먼 곳에 있고 준비해야 할 것도 많아서 현실로 이루기엔 쉽지 않았지. 회사를 그만두고 전업 사진가가 되고 나서야 나의 첫 번째 꿈을 이루게 된 거야. 앞에도 말했듯이 꿈을 현실로 이루기 위해선 준비해야 할 것이 많다고 했잖아. 킬리만자로의 일주 사진을 찍기 위해 준비할 것들도 정말 많고 거기까지 가는 여정도 힘들더라고. 준비 물품 중에서 특히 중요한 건 궤적이 분출되는 느낌으로 나올 정도로 화각이 넓은 광각 파노라마 카메라였어. 몇 년에 걸친 테스트 끝에 아예 카메라를 만들었어. 세상에 한 대 밖에 없는 카메라지. 나는 카메라와 배터리 등 20kg이 넘는 촬영 장비와 높은 산에서 얼어 죽지 않기 위한 등산 장비를 꾸려서 비행기를 타고 태국과 케냐를 경유하여 탄자니아로 떠났어.

킬리만자로에서 일주 사진을 찍는 것은 내가 이루고 싶은 첫 번째 작은 꿈이었어. 그 첫 단계를 무사히 마치고 나니, 다른 꿈들도 보이기 시작했지. '꿈은 계단형'이라는 말은 이 때문이야.

위의 사진이 바로 적도 지방의 일주운동 사진이야. 키보봉 정상 위로 별이 비처럼 내리는 게 보이지. 바로 이 사진을 찍기 위해 나는 비행기를 타고 무거운 배낭을 메고 킬리만자로를 올라간 거지. 어때, 신비롭지? 가운데 보이는 굵은 선이 금성이야. 그리고 산 정상 부근에 보이는 밝은 선은 등산객들이 헤드 랜턴을 켜고 정상으로 올라가는 것이 찍힌 거야. 이 사진을 보니까 지구가 자전하고 있다는 게 실감나지 않아?

아래 사진은 킬리만자로에서 동 트기 전에 볼 수 있는 황도광을 찍은 거야. 황도광은 해 뜨기 전이나 해가 진 직후에 하늘의 **황도***를 따라 원뿔 모양으로 희미하게 밝게 보이는 현상이지. 태양계가 처음 만들어질 때 태양이나 행성이 되지 못하고 남은 티끌들이 태양 주변에 남아 있는데, 이것들이 태양 빛을 반사해서 생기는 것이 바로 이 황도광이야. 강렬한 태양 빛이 없어지면서 완전히 깜깜해지기 전에 잠시 볼

킬리만자로는 적도 지방이라는 특수성으로 내게 다양한 천문 현상을 보여 주었어. 나의 포트폴리오를 채워 주는 데 큰 몫을 한 거지. 킬리만자로에서 가장 잘 볼 수 있다는 황도광 사진이야.

수 있는데, 워낙 미약한 빛이라서 하늘이 아주 깨끗한 곳에서만 볼 수 있어.

그리고 킬리만자로의 주봉인 키보봉 위로 엄청난 밝기의 별똥별이 떨어지는 것도 찍었어. 지금까지 수많은 천체 사진을 찍었지만 그렇게 크고 밝은 별똥별을 찍은 건 처음이었어. 천체 사진을 찍는 사람들에겐 '심봤다'라는 말이 나올 정도로 대단한 행운을 잡은 거지. 저 별똥별을 보면서 왠지 모르게 벅찬 느낌이 들었어. 별똥별은 언제 어디로 떨어질지 알 수 없잖아. 그런데 평생 한 번 보기도 힘든 저렇게 밝은 화구가, 그것도 킬리만자로 봉우리 꼭대기에서 떨어진 거야. 카메라 화면에서 찍힌 것을 확인했을 때의 그 놀라움이란! 킬리만자로의 일주 사진을 촬영하는 것이 주목적이었는데, 이렇게 희귀한 화구 사진까지 추가로 얻게 되었어.

이렇게 전업 사진가로 살고 싶은 내 꿈을 이루기 위한 첫 번째 작은 꿈을 현실로 이루어 낸 거지. 그 꿈을 이루었으니 이제 다음 꿈도 꿀 수 있다는 자신감이 들었어. 그렇게 하나씩 작은 꿈들을 이루다 보면 어느 새 내가 원하던 꿈에 도달할 수 있을 거라고 생각해.

나는 사람들이 꿈을 못 이루면서 사는 가장 큰 이유는 너무

킬리만자로에서 촬영한 화구 사진이야. 킬리만자로의 주봉인 키보봉 위로 엄청난 밝기의 별똥별
이 떨어지는 걸 포착한 거지. 이 사진은 미국의 유명 잡지 〈내셔널 지오그래픽〉에도 팔 수 있었지.

멀고 큰 꿈만 꾸기 때문이라고 생각해. 목적지의 끝에 있는 큰 꿈만 생각한다는 뜻이야. 하지만 그렇게 멀리 있는 꿈만 가지고는 거기까지 도달할 수가 없어. 너무 멀리 있어서 진짜 내 꿈처럼 느껴지지 않기 때문이지. 그래서 목적지까지 가는 동안 작은 꿈들이 많이 필요해. 큰 꿈을 잘게 잘게 부수어 손에 잡을 수 있는 작은 꿈들로 나눠야 해. 작은 꿈이란 마음만 먹으면 현실로 이루어 낼 수 있는 구체적이고 소소한 꿈을 말하는 거야. 작은 꿈 하나를 현실로 이루고 나면 그보다 조금 더 큰 꿈이 눈앞에 저절로 나타나. 그러면 조금 더 큰 꿈을 이루기 위해 다시 노력하는 거야. 그래서 조금 더 큰 꿈을 이루고 나면 그보다 더 큰 꿈을 위해 또 노력하면 되는 거지. 마치 계단을 밟고 차근차근 정상을 향해 올라가듯이 말이야.

어느 순간 단번에 목적지 끝에 있는 꿈을 이룰 순 없어. 자신의 꿈을 현실로 이루어 낸 사람들은 다 그렇게 계단을 밟아 올라가듯이 작은 꿈들을 차례대로 이루어 낸 과정을 거쳤어. 소소한 작은 꿈들을 선으로 잇듯이 하나하나 이루다 보면 어느 순간 목적지에 있던 큰 꿈을 이루게 되는 거지. 나도 마찬가지야. 킬리만자로에 가겠다는 작은 꿈을 이루고 나서는 호주에 가서 남반구의 은하수를 찍겠다는 또 다른 작은 꿈에 도전했어. 지금도 나는 최종 목적지에 있는 큰 꿈을 이루기 위한 작은 꿈들을 실현시키기 위해 부지런히 노력하고 있지.

내가 꿈을 실현시키는 방법은 나만의 개성과 영감이 담긴 천체 사진을 찍는 거야. 그 사진을 통해 내가 본 우주의 경이로움, 그리고 그걸 통해 얻은 깨달음과 영감을 사람들에게 전해 주고 싶어. 우주는 현대 과학으로도 가늠할 수 없을 정도로 광활한 곳이야. 우리에겐 너무도 넓고 거대하게 보이는 지구도 우주의 넓은 공간에선 하나의 점에 불과하지. 그리고 우주의 시간은 시간이란 개념 자체가 하찮아 보일 정도로 길고 끝이 없어. 우주의 시간에 비하면 인간의 시간이란 셔터 한 번 누를 정도의 찰나에 불과하지. 그래서 카메라 렌즈를 통해 우주의 무한함을 바라볼 때마다 어쩔 수 없이 인간의 유한함을 느끼게 돼. 하지만 그 유한함이 초라함으로 다가오진 않아. 오히려 기적과 감사함을 깨닫게 해 줘.

이 광활한 우주에서 지구라는 행성에 인간으로 태어난 것 자체가 정말 기적이야. 우리 모두는 각자가 기적의 결과물인 것이지. 나는 이것을 사진으로 담아내고 싶어. 우리 한 사람 한 사람이 모두 다 기적이라는 것을. 그래서 우리는 남과 자신을 비교하거나 그걸 통해 우월감이나 열등감을 느낄 필요가 없는 소중한 존재라는 것을. 남을 의식해서 더 잘 나고 더 많이 가지려고 애쓰기에는 우리에게 주어진 시간이 매우 짧다는 걸 깨달았으면 좋겠어. 자신의 존재에 감사하고 꿈을 이루기 위해 노력하기에도 인간의 시간은 너무 짧아. 비록 유한한 인간이지만 무한한 우주적 삶을 추구한다면 더 행복하고 가치 있는 인생이 될 거라고 생각해.

이제 내 이야기는 이쯤에서 마무리하려고 해. 좀 흔하지만 '별을 좋아하는 사람은 꿈이 있는 사람'이라는 말이 있어. 이제 모두 이 책을 덮고 밤하늘에 뜬 별을 봐. 그리고 그 별을 보며 우주 속에 있는 자신의 존재를 의식해 봐. 이 광활하고 무한한 우주 속에 있는 유일무이한 나라는 존재를 말이야. 아마 답답했던 가슴이 뻥 뚫리는 듯한 기분을 맛볼 수 있을 거야.

킬리만자로에서 돌아와 이번에는 호주를 찾았어. 단일 바위로는 세계에서 가장 크다는 울룰루 바위 위로 구름 띠처럼 보이는 게 바로 은하수야. 밤인데도 달빛이 환해 낮처럼 보이지? 나는 아직도 우주의 규모를 가늠하기 어려워. 그 속에서 우리는 과연 어떤 존재일까?

스마트폰으로
오로라를 찍어 왔습니다

© 김주원

진짜 너의 꿈을 꿔라

원고를 마무리 할 때쯤 나는 다시 오로라 촬영을 위해 캐나다 행 비행기를 타게 되었습니다. 나 같은 천체사진가는 아니지만 함께 오로라 촬영을 다녔던 김주원 사진작가와 작업을 하게 되었습니다. 남들이 가지 않는 길을 가는 저에게는 함께하는 동료가 참 소중한 존재입니다.

이번 촬영은 국내 모 전자 회사에서 제안한 스마트폰 광고 때문이었어요. 새 스마트폰의 출시를 앞두고 차별화된 광고 전략으로 '오로라'를 선택했나 봅니다. 광고의 콘셉트는 스마트폰 카메라로 오로라를 촬영하는 것이었습니다. 사실 이것은 세계 최초로 도전하는 일입니다. 스마트폰으로 오로라를 찍는 것은 결코 쉬운 도전이 아닙니다. 어두운 밤하늘에서 시시각각으로 변하는 오로라를 휴대 전화 카메라로 찍을 수 있을지 걱정이 되었습니다. 사실 나는 이번 촬영지에서 처음 스마트폰을 사용했어요. 스마트폰 사용자가 아니었지요. 지금도 여전히 2G폰을 쓰고 있거든요. 하지만 '도전'이라 불리는 만큼 저도 무척 기대가 되었습니다.

한국에서 캐나다 옐로나이프에 가는 길이 쉽지는 않습니다. 직항이 없기 때문에 비행기를 3번 갈아타야 합니다. 옐로나이프의 평균 기온은 영하 30~40도. 그 이하로 내려갈 때도 있습니다.

아무튼 여러 가지 우여곡절 끝에, 엄청나게 추운 날씨 속에서 '신의 영혼'이라 불릴 정도로 신비로운 모습의 오로라를 스마트폰으로 촬영하는 세계 최초의 도전에 성공하게 되었습니다.

영하 40도에 가까운 추위에 밖에서 계속 촬영을 하느라 눈썹에 고드름이 달릴 정도로 몸은 힘들었지만 행복했습니다. 진짜 나의 꿈을 찾아서 내가 좋아하는 일을 하고 있기 때문입니다. 나는 밤하늘을 촬영하는 순간순간 몰입의 즐거움을 맛봅니다. 또 작업이 성공적으로 끝난 뒤에 오는 성취감은 나를 뿌듯하게 합니다.

인생에는 돈이나 권력보다 훨씬 가치 있는 일들이 많습니다. 그러니 여러분들도 자신만의 진짜 꿈을 찾아 평생 좋아하는 일을 할 수 있길 바랍니다. 그렇다고 너무 조급할 필요는 없습니다. 나처럼 돌아가지 않으면 참 좋겠지만, 설사 그렇다 한들 그게 불행한 일은 아닙니다. 작은 꿈들이 하나의 선으로 연결되는 굽이굽이에서 충분히 행복을 느끼며 천천히 걸어오세요. 우주에 비하면 인간의 '일생'은 참으로 짧지만 우리의 '인생'은 빙판 위의 쇼트트랙 경기처럼 속도와 결과만 남은 건 아니기 때문입니다. 그래서 정말 다행입니다.

진짜 너의 꿈을 꿔라

에필로그 스마트폰으로 오로라를 찍어 왔습니다

243

진짜 너의 꿈을 꿔라

1판 1쇄 발행 2015년 4월 13일
1판 3쇄 발행 2018년 4월 10일

지은이 권오철
발행인 이상규

메이킹 스태프
브랜드 총괄 | 한상만
기획 및 프로듀싱 | 안소연
편집 및 제작 진행 | 이윤희

출판 브랜드 움직이는서재
주소 06168 서울시 강남구 삼성로 512, 10층
주문 및 문의 전화 (031)977-5364 | 팩스 (031)977-5365
독자 의견 및 투고 원고 이메일 goldapple01@naver.com
블로그 http://blog.naver.com/movinglibrary
포스트 http://post.naver.com/movinglibrary

발행처 (주)인터파크
임프린트 움직이는서재 출판등록 제2015-000081호

ISBN 979-11-955066-2-0   03810
책값은 뒤표지에 있습니다. 파본은 바꾸어 드립니다.
움직이는서재는 (주)인터파크의 출판 브랜드입니다.